환상

ILLUSIONS: The Adventures of a Reluctant Messiah
Copyright ⓒ 1977 by Richard Bach

This translation published by arrangement with Dell Publishing, an imprint of
Random House, a division of Penguin Random House LLC
All rights reserved.

Korean Translation Copyright ⓒ 2022 by The Whole Mind Publishing
This translation is published by arrangement with
Random House, a division of Penguin Random House LLC
through Imprima Korea Agency

이 책의 한국어판 저작권은 Imprima Korea Agency를 통해
Random House, a division of Penguin Random House LLC와의
독점 계약으로 도서출판 온마음에 있습니다.
저작권법에 의해 한국 내에서 보호를 받는 저작물이므로
무단전재와 무단복제를 금합니다.

일러두기

- 대문자나 이탤릭체로 된 부분들은 맥락에 따라 홑따옴표나 고딕체로 표시하였습니다.
- 'reality'는 대체로 '실재'로, 'the Is'는 '**현존**'으로 옮겼습니다.

《갈매기의 꿈》을 세상에 펴낸 다음에 이런 질문을 여러 번 받았습니다. "《갈매기의 꿈》 다음으로 무슨 얘길 쓸 건가요?" "갈매기 조나단 다음에 어떤 얘기가 이어지나요?"

그러면 저는 아무것도 쓸 게 없다고, 한 마디도 더 쓸 얘기가 없다고 답하곤 했습니다. 제가 지금까지 낸 책들을 통해서 하고 싶은 말을 다 썼다고 말이죠. 한동안 돈이 없어 굶기도 하고 할부금을 못 내서 차를 뺏기기도 하는 등 힘든 일들을 여러 번 겪기도 했지만 이제는 생존하기 위해 한밤중까지 일하지 않아도 된다는 게 즐거웠거든요.

여전히 저는 여름 무렵이 되면 저의 앞날개가 위아래로 둘 달린 복엽기를 몰고 미국 중서부의 푸른 초원으로 가곤 합니다. 거기서 3달러씩 받고 사람들을 태워줍니다. 그러던 중에 예전에 느끼곤 하던 어떤 긴장감을 다시 느끼게 되었습니다. 그건 제게 아직 다 말하지 못한 무언가가 여전히 남아 있다는 그런 느낌이었습니다.

사실 저는 글 쓰는 걸 전혀 좋아하지 않습니다. 설사 어떤 아이디어가 떠오르더라도 저 어둠 속에서 어슴프레 느껴지는 그 아이디어에 대해 제가 등을 돌릴 수만 있다면, 그 아이디어가 있는 곳으로 들어가는 문을 열지 않고 피할 수만 있다면 다시 연필에 손을 댈 일도 없을 겁니다.

하지만 이따금씩 앞쪽에 있던 벽이 다이너마이트 같은 엄청난 폭발력에 의해 뚫리면서 유리와 벽돌조각 등 온갖 것들이 사방으로 튀는 가운데 누군가가 나타나 잔해를 넘어 성큼성큼 들어와서는 제 멱살을 잡고 점잖은 목소리로 이렇게 말하는 걸 듣게 되곤 합니다. "내 얘기를 원고지에 옮겨놓지 않으면 자네를 놓아주지 않을 거네." 이렇게 해서 저는 《환상》이라는 작품을 만나게 되었습니다.

중서부 어느 초원 위에 등을 대고 누워서는 구름 지우기를 연습하곤 했지만 이 이야기는 마음속에서 없애기가 힘들었습니다…. 구름 지우기를 정말 잘하는 누군가가 나타난다면? 이 세상이 어떤 이치로 움직이는 건지, 또 어떻게 다뤄야 하는 건지 가르쳐줄 누군가가 내게 나타난다면? 엄청나게 진화한 어떤 존재를…, 세상이라는 환상 뒤에 가려진 실재를 알기에 환상을 다스리는 권능을 지닌 싯달타나 예수 같은 존재를 우리 시대에 만날 수 있게 된다면? 그리고 내가 그런 존재와 개인적인 만남을 가질 수 있다면? 또 그가 나처럼 복엽기를 타고 나와 함께 다니면서 같은 목초지에 나란히 내려앉아 지내게 된다면? 그는 무슨 말을 할까? 무얼 하고 싶어 할까?

  아마도 그런 존재는 제가 갖고 있는 기름때 묻고 초록물이 배어 있는 일지에 기록된 메시아와는 다를 수도 있습니다. 또 이 책에 적힌 말들을 전혀 하지 않을 수도 있습니다. 하지만 제게 나타난 그는 이렇게 말했습니다. "우리가 무엇이든 계속해서 생각하면 그걸 우리 삶으로 자석처럼 끌어들이게 된다네." 이 말이 사실이라면 제가 저를 이 순간으로 데려온 것도 어쨌든 어떤 이유가 있어서이고, 당신도 마찬가지일 겁니다. 그리고 당신이 지금 이 책을 손에 들고 있는 것도 아마 우연이 아니겠지요. 당신이 나와 만나게 된 건 이 책이 전하는 모험 이야기에서 무언가를 기억해내기 위해서일 수도 있습니다. 저는 그렇게 생각하고 싶군요. 또 이런 생각도 해보고 싶습니다―제가 만난 메시아는 완전히 허구의 존재가 아니라 지금 어떤 다른 차원의 세계에서 어딘가 높은 곳에 자리를 잡고 앉아서는 우리 둘을 바라보며 우리가 계획했던 일들이 재미있게 펼쳐지고 있는 것에 웃음을 터트리고 있다고 말입니다.

리처드 바크

환상

어느 마지못한 메시아의 모험

《갈매기의 꿈》 이후

리처드 바크 지음 · 신인수 옮김

온마음

1

1
이 세상을 찾아온 **스승**이 있었다. 스승은 거룩한 땅 인디아나에서 태어나 포트웨인 동쪽의 신비로운 언덕에서 자랐다.

2
스승은 인디아나의 공립학교에서 세상에 대해 배웠다. 그리고 커서는 자동차 수리공이 되었다.

3

하지만 스승은 다른 삶들에서, 다른 세상들 다른
학교들에서 배운 것들이 있었는데 그걸 기억해내서
지혜롭고 강인해졌다. 그래서 사람들은 스승이
지닌 힘을 알아보고 조언을 얻으러 왔다.

4

스승은 자신뿐만 아니라 모든 인류를 도울 권능이
자신에게 있다고 믿었다. 그렇게 믿자 실제로
그러했고 사람들은 스승의 권능을 알게 되면서
자신들의 고민을 해결하고 온갖 질병을 치유받기
위해 찾아왔다.

5

스승은 사람들 누구나 그들 스스로를 하느님의 자녀로 여기는 게 옳다고 생각했고, 그가 생각하듯 실제로 그러했다. 하지만 그가 일했던 자동차 정비소들은 스승의 가르침을 구하고 스승의 손길에 닿기를 바라는 사람들로 미어터졌고, 바깥의 길거리 역시 스승의 그림자라도 스치게 되면 자신들의 삶이 바뀌지 않을까 하고 간절히 기대하는 사람들로 가득했다.

6

군중 때문에 공장장과 수리점 주인들은 스승에게 이제는 그 공구들을 내려놓고 자신의 길을 가는 게 좋겠다고 지시했다. 스승에게 너무 많은 사람들이 밀려들어서 그도 그렇고 다른 수리공들도 그렇고 도무지 자동차를 수리할 공간을 찾을 수 없어서였다.

7

그래서 스승은 야외로 나갔다. 스승을 따르는 사람들은 스승을 가리켜 메시아라고, 또 기적 일꾼이라고 부르기 시작했다. 그들이 믿듯이 그건 사실이었다.

8
스승이 가르침을 전할 때는 설사 폭풍우가 지나가더라도 가르침을 듣는 사람들의 머리 위에는 비 한 방울 떨어지지 않았고, 아무리 천둥 번개가 치더라도 군중의 맨 뒷자리에 있는 사람이 맨 앞자리 있는 사람처럼 또렷이 들을 수 있었다. 그리고 스승은 언제나 비유를 통해 가르쳤다.

9
스승은 그들에게 이렇게 말했다. "우리 각자의 내면에는 권능이 있습니다. 그것은 건강과 병에 대해, 부유함과 가난함에 대해, 자유와 속박에 대해 동의할 것인지를 결정하는 권능입니다. 이런 것들을 통제할 수 있는 존재는 바로 우리 자신입니다. 나른 이들이 아닙니다."

10

어느 방앗간 주인이 발언권을 얻어 말했다.
"스승이시여, 당신은 그리 쉽게 말씀하실 수
있습니다. 인도함을 받고 계시니까요. 하지만
저희는 그렇지 못합니다. 당신께서는 힘써 일할
필요가 없지만 우리는 힘써 일을 해야만 합니다.
사람이 이 세상에서 살아가려면 일을 해야 합니다."

11

이에 대한 답으로 스승은 다음과 같은 얘기를 들려주었다. "수정같이 맑고 거대한 강이 있었는데 그 강바닥에는 생명들이 마을을 이루어 살고 있었습니다."

12

"강물은 그 모든 이들을 고요히 스치며 지나갔습니다. 그들이 젊었든 늙었든, 부유하든 가난하든, 좋든 나쁘든, 강물은 자신의 길을 갈 뿐이었습니다. 강물은 오직 수정 같이 맑은 자신만을 알고 있었습니다."

13

"각각의 생명들은 모두 다 자기만의 방식으로 바위나 나뭇가지에 꼭 매달려 있었습니다. 그렇게 매달려 있는 게 그들이 살아가는 방식이었습니다. 그렇게 강물의 흐름에 저항하는 게 그들이 태어날 때부터 배웠던 거니까요."

14

"그런데 마침내 어느 날 한 생명이 이렇게 말했습니다. '난 매달려 있는 거에 지쳤어. 내 눈으로 볼 수는 없지만 강물은 자신이 어디로 가고 있는지 알고 있을 거야. 난 이제 손을 놓고 강물이 데려가는 곳으로 가보겠어. 난 이렇게 매달려 있는 게 지루해 죽겠어.'"

15

"다른 생명들은 비웃었습니다. '바보 같으니! 손을 놓아 보시지, 그럼 네가 떠받드는 강물이 널 바위에다 패대기치고 말 거야. 그럼 넌 지루해 죽는 거보다 더 빨리 죽고 말 걸!'"

16

"하지만 그 생명은 다른 생명들과 맞서지 않았어요.
숨을 들이마신 다음 손을 놓았습니다. 곧 바위에
부딪혔습니다."

17

"그렇지만 그 생명은 다시 매달리길 끝내 거부했고
그러자 강물은 그를 들어 올려 강바닥에서
자유롭게 해주었습니다. 그는 더 이상 멍들거나
상처입지 않았습니다."

18

"강바닥에 매달려 있는 생명들에게 그는 이방인 같았습니다. 그들은 이렇게 외쳤습니다. '오, 기적을 보라! 분명 우리처럼 생긴 생명인데 날아가고 있다! 저 메시아를 보라! 오셔서 우리 모두를 구원하소서!'"

19
그러자 강물의 흐름을 타고 가던 그 생명이 말했습니다. '난 당신들과 똑같아요. 메시아가 아니에요. 강물은 우리를 들어 올려 자유롭게 해주는 걸 아주 기뻐합니다. 우리가 용기를 내서 손을 놓기만 하면 되는 거예요. 우리가 진실로 해야 할 일은 이러한 여성, 이러한 모험입니다.'"

"하지만 강바닥의 생명들은 바위에 내내 매달려 있으면서 '구세주시여!'라고 더욱 크게 외치기만 했습니다. 그리고 그들이 다시 고개를 들어 바라봤을 때 그는 사라지고 없었습니다. 그들은 강바닥 바위에 매달린 채로 남아서는 어느 한 구세주의 전설을 만들어갔습니다."

21

스승은 군중이 매일같이 점점 더 몰려들고
예전보다 더 격렬해지는 것을 바라보게 되었다.
그리고 자신이 그들에게 쉴새 없이 치유를 행하고
언제나 기적을 베풀어 그들을 먹이며 그들을 위해
그들 대신 가르침을 받아 전달해주고 그들의 삶을
대신 살아주길 바란다는 것을 마침내 알게 되자
스승은 그날 무리와 떨어져서 언덕 꼭대기에
올라가 홀로 기도를 드렸다.

22

스승은 마음속으로 기도했다. **무한한 빛의 현존**이시여, 당신의 뜻이라면 이 잔이 저를 지나가게 해주소서. 이 불가능한 임무를 포기하는 걸 허락해주소서. 저는 다른 영혼의 단 하나의 삶도 대신해서 살 수 없습니다. 그런데 수많은 군중이 제게 그런 삶을 살아달라고 외쳐댑니다. 이런 일이 벌어지게 되어서 유감스럽습니다. 당신의 뜻이라면 제가 엔진과 공구 들이 있는 곳으로 돌아가서 다른 사람들처럼 살게 해주소서.

23

그러자 어떤 목소리가 남성도 아니고 여성도
아닌, 크지도 작지도 않은, 하지만 무한히 친절한
음성으로 스승에게 말씀했다. "나의 뜻이 아니라
그대의 뜻이 이루어지게 하라. 그대가 뜻하는 것이
곧 그대를 위한 나의 뜻일지니. 다른 이들처럼
그대의 길을 가거라. 지상에서 그대 행복할지니."

24

이 말씀을 듣자 스승은 기뻐하며 감사드렸습니다.
그리고 어린 수리공의 노래를 흥얼거리며 언덕에서
내려왔다. 그러자 군중이 몰려들어 자신들의
고통을 호소하면서 스승의 앎을 통해 자신들을
끊임없이 치유해주고 가르쳐주고 먹여주며
경이로운 것들을 보여주어서 자신들을 즐겁게
해달라고 졸랐다. 스승은 그들을 향해 미소를
띠었고 기분 좋게 말했다. "저는 그만뒀습니다."

25

군중은 경악한 가운데 잠시 멍한 상태에 빠졌다.

26

스승은 군중에게 이렇게 말했다. "어떤 사람이 하느님께 말씀드리기를 자신이 그 어떤 대가를 치르더라도 고통스러워하는 세상을 돕기를 간절히 바란다고 했는데, 하느님께서 응답하시면서 그가 해야만 할 일을 말씀해주셨다면 그 사람은 말씀을 들은 대로 해야만 할까요?"

27

"물론입니다, 스승님!" 군중은 외쳤습니다.
"하느님께서 요구하신 일이라면 지옥에서 고문을
받아도 그로서는 즐거운 일입니다!"

28

"그 어떤 고문을 당하더라도 괜찮나요? 그 과업이
아무리 어렵다 하더라도 그런가요?"

29

"하느님이 요구하신다면 목이 매달려 죽어도
영예롭고 나무에 못 박혀 화형을 당해도
영광입니다." 군중이 대답했다.

스승이 군중에게 물었습니다. "그럼 만약 하느님께서 직접 여러분에게 말씀하시길 '나는 그대들이 이 세상에 살아 있는 동안 행복하길 명하노라.'라고 하신다면 여러분은 어떻게 하시겠습니까?"

31

그러자 군중은 침묵 속으로 빠져들었고 그들이
서 있는 계곡과 언덕 어디에서도 말 한마디
부스럭대는 소리 하나 들리지 않았다.

32
그러자 스승은 그 침묵에 대고 얘기했다. "우리는 행복을 찾아 걷는 길 위에서 배움을 얻게 될 겁니다—우리가 이번 삶에서 배우기로 선택했던 것들을 말이지요. 오늘 제가 배운 것이 바로 그겁니다. 그래서 저는 여러분을 떠남으로써 여러분 각자가 원하는 자신만의 길을 갈 수 있게 하려고 합니다."

33
스승은 무리를 뚫고 자신의 길로 나아갔다. 그리고 사람들과 기계들이 있는 일상의 세계로 돌아갔다.

2

 무더운 여름이 시작될 무렵 도널드 쉬모다를 만났다. 지난 4년 동안 나처럼 바람 따라 구름 따라 이 마을 저 마을로 구식 복엽기를 타고 날아다니며 10분당 3달러씩 받으면서 사람들을 하늘 높이 태워주는 일을 하는 조종사를 여태껏 만난 적이 한 번도 없었다.

하지만 어느 날 일리노이의 페리스 북쪽 지역을 날고 있을 때 조종석에서 내려다보니 황금색과 하얀색이 어우러진 트래블 에어 4000 모델의 구식 비행기가 레몬-에머럴드빛 건초들이 펼쳐져 있는 목초지 위에 사람들이 좋아할 만한 멋진 모습으로 착륙해 있었다.

  나는 분명 자유로운 삶을 누리고 있긴 하지만 때로는 정말 외로움을 가슴 깊숙이서 느끼곤 한다. 목초지 위의 복엽기를 보고서 잠시 생각해보았는데 잠깐 들러도 별일 없을 거라는 판단이 섰다. 속도를 최저로 줄이고 급강하를 선택하자 플리트와 나는 지상을 향해 비스듬하고 빠르게 낙하하기 시작하였다. 비행기 구조물을 강하게 이어주는 플라잉 와이어를 스치는 부드럽고 듣기 좋은 바람 소리가 들리고 낡은 엔진이 프로펠러의 속도를 낮추면서 느리게 폭폭 하는 소리를 낸다. 착륙 과정을 보다 잘 관찰하려고 고글을 올리고 내려다보니 조금 아래에 녹색 잎사귀의 정글처럼 보이는 옥수수밭을 스쳐 지나가면서 담장 하나가 가물거리고 방금 잘라놓은 건초들도 보인다. 급강하를 해제하고 지면 위를 천천히 산뜻하게 돌고 난 다음 건초들이 바퀴를 스쳤고 단단한 땅에 살짝 덜컹거리며 부딪히는 익숙하면서도 나지막한 소리가 들렸고 속도가 점점 느려지다가 빠른 파열음을 내며 아까 보았던 비행기 옆으로 다가가 멈춰 섰다. 가속기를 원위치시키고 스위치를 끄자 프로펠러는 철컥거리는 소리를 내면서 회전속도가 느려지다가 칠월의 완연한 정적 속으로 들어가 멈추었다.

트래블 에어의 조종사는 건초더미 속에서 비행기 왼쪽 바퀴에 등을 대고 앉아서는 나를 주의 깊게 바라보았다.

나도 30초 정도 그 조종사를 주의 깊게 바라봤는데 그의 고요함이 신비스럽게 느껴졌다. 나 같으면 자기가 착륙한 목초지에 또 다른 비행기가 불과 십여 미터 거리를 두고 착륙하는 모습을 그렇게 가만히 앉아서 쿨하게 바라보고만 있지는 못했으리라. 나는 고개를 끄덕였고 왠지 모르겠지만 그가 좋았다.

"당신이 외로워 보였어요."라고 말하며 나는 우리 둘 사이의 거리를 넘어간다.

"당신도 그렇게 보였어요."

"당신을 번거롭게 하고 싶지는 않아요. 부담스러우면

나는 내 갈 길을 갈게요."

"아니, 자네를 기다리고 있었네."

그 말에 나는 미소를 지었다. "늦어서 미안하군."

"괜찮네."

나는 헬멧과 고글을 벗고 조정석에서 기어 나와 발을 땅에 디딘다. 플리트를 타고 두 시간 정도 비행하고 나서 이렇게 땅에 발을 디디면 좋은 기분이 느껴진다.

"햄과 치즈 좀 드실려나?" 그가 말했다. "햄과 치즈 그리고 개미도 있을 수 있겠군." 악수도 없었고 자기소개도 없었다.

그는 몸집이 크지 않았다. 머리는 어깨까지 내려왔는데 그가 기대고 있는 고무바퀴보다 더 검었다. 그의 검은 눈은 매서웠는데 친구라면 괜찮겠지만 모르는 사람이라면 정말 불편한 느낌이 들만한 눈매였다. 어쩌면 그가 무술 사범으로서 자기 나름의 방식으로 고요하면서도 격렬한 시범을 보여줄 수도 있을 것 같았다.

나는 샌드위치와 보온병 물을 한 잔 받았다. "그런데 자네는 뭐 하는 사람인가?" 내가 물었다. "여러 해 동안 이리저리 돌아다녔지만 나처럼 이렇게 비행기로 순회하는 사람을 본 적이 없거든."

"이 일 말고는 맞는 일이 별로 없어서." 그가 유쾌하게 대답했다. "수리공, 용접공, 시추공, 캐터필러 기사 등을 조금씩 해봤지만 한 곳에 너무 오래 붙어 있으면 뭔가 문제가 생기곤 했네. 그래서 비행기를 하나 장만해서 이렇게 돌아다니는 일을 하고 있지."

"어떤 캐터필러 기종이었는데?" 나는 어릴 적부터 디젤 트랙터라고 하면 언제나 사죽을 못쓰곤 한다.

"D-8과 D-9 모델. 오하이오에서 아주 잠깐 몰았지."

"D-9! 집채만 한 크기지! 이중 저속 기어가 있고. 그게 정말 산도 밀어낼 수 있나?"

"산을 움직이는 데는 더 좋은 방법들이 있지." 그의 얼굴에 미소가 아주 짧게 스쳐 지나갔다.

나는 잠시 그의 비행기 날개에 기대고서 그를 가만히 바라봤다. 빛이 만들어내는 환영 때문인지…, 이 사람의 얼굴을 자세히 볼 수가 없다. 그의 머리 주위를 둘러싼 어떤 빛이 은빛 안개처럼 배경을 희미하게 만드는 듯이 보였다.

"뭐가 이상한가?" 그가 물었다.

"어떤 곤경들을 겪었길래?"

"아니 뭐 그리 대단한 건 아니야. 자네처럼 요즘 내 마음이 그저 이리저리 움직이고 싶어 하는 것뿐이지."

나는 샌드위치를 들고서 그가 타고 온 비행기 주변을 거닐어보았다. 1928년이나 1929년 기종이었는데 도대체 긁힌 자국이 전혀 보이지 않았다. 요즘 공장에서는 여기 건초들 속에 서 있는 이런 비행기를 만들어내지 않는다. 목재로 된 동체는 낙산염 도료를 최소한 스무 번 이상 손수 칠했는지 거울처럼 반짝거리고 있다. 조종석 가장자리에는 금박의 옛 글자체로 '도널드'라고 써져 있었고 지도함에도 '도널드 쉬모다'라고 인쇄된 게 보였다. 오리지널 1928년 비행기의 기기들을 포장박스에서 막 꺼내놓은 듯하다. 오크색 니스가 칠해진 조종간과 방향타가 있었고 왼쪽에는 연료혼합기와 점화조절기도 보였다. 요즘은 진각장치를 찾아볼 수 없다. 설사 아무리 잘 복원된 골동품이라도 마찬가지다. 흠집 하나 없고 해진 곳을 때운 흔적도 없으며 엔진 커버에도 기름 한 방울 묻어 있지 않았다. 조종석 바닥에도 건초 하나 떨어져 있는 게 보이지 않는다. 마치 이건 하늘을 한 번도 날아본 적이 없는 비행기 같다. 시간 왜곡 현상을 통해 반세기를 건너뛰어 이곳에 느닷없이 등장한 듯했다. 뒷덜미가 서늘해지는 느낌이 들었다.

"승객들을 태우고 다닌 게 얼마나 되었지?" 비행기 건너편에 있는 그에게 소리를 질렀다.

"한 달쯤. 이제 5주 되었군."

그는 거짓말을 하고 있었다. 이 사람의 정체가 뭔지 상관하지 않겠지만 이쪽 일을 5주 정도 했다면 어쨌든지 간에 비행기에 흙과 기름이 묻어 있어야 하고 조종석 바닥에는 건초가 굴러다닐 수밖에 없다. 하지만 이 기계 덩어리는…, 바람막이 유리창에 기름 한 방울 묻은 게 없고 날개 앞부분에 건초가 붙은 자국도 없으며 프로펠러에 부딪혀 죽은 벌레들도 보이지 않았다. 한여름에 일리노이를 날아다니는 비행기에서는 도대체가 있을 수 없는 일이다. 나는 이 트래블 에어를 5분 정도 더 조사해보고서 비행기 날개 밑으로 돌아가 조종사와 마주 앉았다. 두렵지는 않았다. 여전히 이 친구가 좋았다. 하지만 뭔가 잘못되었다.

"왜 사실대로 얘기하지 않는 거지?"

"난 사실대로 얘기했어, 리처드." 내 이름 역시 비행기에 적혀 있다.

"이봐, 한 달 동안 트래블 에어에 승객들을 태웠는데 비행기에 기름 한 방울 먼지 하나 묻지 않는 게 가능한 일인가? 기운 자국도 하나 없고? 도대체가 조종석 바닥에 건초 하나 떨어진 게 없잖아!"

그는 나를 향해 조용히 미소를 지었다. "세상에는 자네가 모르는 일도 있는 거야."

그 순간 그가 다른 행성에서 온 사람처럼 이상하게 보였다. 나는 그의 말을 신뢰했지만 한여름 풀밭 위에 보석처럼 반짝거리고 있는 비행기를 도무지 설명할 길이 없었다.

"진심으로 말하건대 언젠가 때가 되면 나도 모든 진실을 알게 되겠지. 그러면 그때 자네는 내 비행기를 가져가도 좋아, 도널드. 그땐 내가 날아다니기 위해서 비행기가 필요하지는 않게 될 테니까."

그가 나를 흥미롭다는 듯 쳐다보고서 검은 눈썹을 치키며 말했다. "오, 그래? 좀 더 말해보게."

나는 신이 났다. 누군가 내 이론에 관심을 보이다니!

"사람들이 오랜 세월 동안 날아다닐 수 없다고들 말해 왔는데, 난 그렇게 생각하지 않거든. 그런 일이 가능하다고 사람들이 생각하지 않았을 뿐이지. 물론 그들이 항공역학의 기초적인 원리를 배우지 못한 것도 있겠지만. 어쨌든 나는 어딘가에 또 다른 원리가 있다고 믿고 싶어. 즉, 우리가 날기 위해서 비행기가 필요한 게 아니야. 우리는 벽을 뚫고 지나갈 수도 있고 다른 행성에 갈 수도 있지. 기계 덩어리 없이도 어디든지 갈 수 있는 법을 우리는 배울 수 있어. 우리가 바라기만 한다면 말이야."

그는 진지한 표정으로 반쯤 미소를 지으며 고개를 한 번 끄덕였다. "그리고 자네는 이런 목초지를 이리저리 다니며 3달러씩 받으면서 자신이 배우고 싶은 것들을 배우게 될 거라고 여기고 있는 거군."

"내가 바라는 걸 하면서 스스로 배우는 게 정말 중요한 배움이지. 지금은 그렇지 않지만 만약 내가 알고 싶은 것들을 내 비행기나 저 하늘보다 더 많이 가르쳐줄 수 있는 어떤 영혼이 이 지상에 머물고 있다면 지금 당장 일을 그만두고 그를 찾아 나서겠어. 아니 그녀일 수도 있겠군."

그의 검은 눈이 나를 마주 보았다. "자네가 말한 그런 걸 진정 배우고 싶어 한다면 인도를 받게 된다고 생각하지 않나?"

"난 인도받고 있어, 그래, 누구나 그렇지 않나? 무언가가 위에서 나를 관찰하고 있다는 그런 느낌을 늘 받곤 하지."

"그리고 자네를 도와줄 수 있는 어떤 교사에게 안내받게 될 거라는 생각도 갖고 있겠군."

"맞아, 내가 그 교사가 아니라면 말이지."

"어쩌면 그렇게 일이 진행될 수도 있지." 그가 말했다.

* * *

최신형 픽업트럭 한 대가 길을 따라서 갈색의 뿌연 먼지 바람을 일으키며 우리 쪽으로 다가와서는 들판 옆에 멈추었다. 문이 열리고 남자 노인과 열 살 남짓의 여자아이가 내렸다. 먼지는 여전히 공기 중에 뿌옇게 머물러 있었다.

"비앙기 태워주고 돈 받는 겨?" 노인이 물었다.

여기는 도널드 쉬모다가 발견한 곳이라서 나는 가만히 있었다.

"네, 그렇습니다, 어르신." 도널드가 밝게 대답했다. "오늘 비행기를 타보고 싶으신가 보군요?"

"시방 비앙기를 타면 날 데불고 저 하늘 위서 온갖 재주를 피워대고 공중제비 허고 그럴랑가?" 노인은 눈을 반짝이며 말했다. 자기 같은 촌사람 말을 알아듣나 확인하려는 듯 유심히 쳐다본다.

"어르신께서 원하시면 그렇게 해드리고요, 원치 않으시면 그렇게 하지 않고요."

"아마도 돈깨나 달라고 하겠구먼."

"현금으로 3달러입니다, 어르신. 그리고서 9-10분 정도 하늘을 날아보는 겁니다. 1분에 33센트 남짓인 셈이죠. 타보신 분들은 대부분 흡족해하세요."

이 친구가 거래하는 방식을 방관자처럼 옆에서 한가롭게 보고 있자니 묘한 기분이 들었다. 나는 그가 잔잔하게 설명하는 게 보기 좋았다. 손님을 끌어들이는 나만의 방식. 그러니까 '여러분! 저 하늘 위는 여기보다 섭씨 10도나 더 시원합니다, 어서 와서 새들과 천사들만 날아다니는 곳에 가보시죠! 이 모든 걸 경험하는 데 여러분 주머니나 지갑에서 3달러만 꺼내시면 됩니다….'라는 식에 너무 익숙해져서, 다른 방식도 가능하다는 걸 잊어버리고 있었다.

혼자 비행기를 몰고 다니면서 손님들을 모을 때 나는 긴장하곤 한다. 이런 일에 익숙해지긴 했지만 여전히 긴장된다. '손님을 못 태운 날은 저녁을 굶어야 해.' 하지만 이번에는 내 저녁이 걸려 있지 않기 때문에 느긋하게 지켜볼 수 있었다.

여자아이도 뒤에 서서 유심히 지켜보고 있었다. 금발에 갈색 눈으로 진지한 표정을 짓고 있는 아이는 할아버지를 그저 따라왔을 따름이었다. 비행기를 타고 싶은 마음은 없었다.

대부분은 정반대이다. 아이들은 엄청 타고 싶어 하고 어른들은 조심스러워 한다. 이런 일에 생계가 걸리면 어떤 감각이 생긴다. 이 아이는 설사 이번 여름이 끝날 때까지 기다려 준다 하더라도 결코 비행기를 타지 않으리란 걸 알 수 있었다.

"두 양반 중 누가…?" 노인이 물었다.

쉬모다가 컵에 물을 따르며 대답했다. "리처드가 태워드릴 겁니다, 어르신. 저는 아직 점심 중이거든요. 아니면 기다리셔도 좋고요."

"아녀, 조종사 양반. 난 지금 타고 싶구먼. 우리 농장 위로 날 수 있겠지?"

"물론이죠." 내가 내답했다. "가고 싶은 곳을 손짓만 해주세요, 어르신."

나는 플리트의 조종석 앞의 승객 좌석에서 침낭, 연장가방, 냄비 이런 것들을 빼냈다. 노인을 태우고서 벨트를 매주었다. 나도 조종석에서 벨트를 맸다.

"도널드, 프로펠러 좀 도와주겠나?"

"알았네." 도널드는 물컵을 들고 프로펠러 옆에 섰다. "어떻게 해줄까?"

"급하지 않게 천천히. 전류가 알아서 돌릴 거니까."

사람들은 늘 플리트의 프로펠러를 너무 빨리 돌리곤 했는데 그렇게 하면 이런저런 이유로 엔진에 시동이 걸리지 않는다. 하지만 이 친구는 이런 일을 오랫동안 해봤다는 듯이 프로펠러를 아주 천천히 돌렸다. 전류가 재빨리 흐르면서 실린더가 점화되었다. 그리고 낡은 엔진이 움직이기 시작하면서 쉽사리 작동되었다. 도널드는 자기 비행기 쪽으로 돌아가서 아이와 얘기를 나누기 시작하였다.

플리트는 자신이 지닌 강력한 힘을 터뜨렸고 건초를 뒤로 휘날리며 푸른 하늘 위로 날아올랐다. 곧 30미터 상공에(여기서 엔진이 멈추면 옥수수밭에 착륙해야 한다), 이어서 150미터 상공에(여기서는 기수를 돌려 목초지에 착륙할 수 있다…. 이제 우리는 젖소 목장 서쪽에 와 있다), 그리고 240미터 상공에 도달했고 수평을 잡았다. 남서풍을 타면서 노인의 손가락이 가리키는 방향으로 날아갔다.

농장과 석탄빛이 나는 헛간들과 박하 바닷속의 상앗빛 나는 주택 위에서 3분가량 빙빙 돌았다. 정원 뒤쪽에는 텃밭이 있었는데 사탕옥수수와 상추와 토마토가 자라고 있었다.

노인은 조종석 앞자리에 앉아서 플리트의 날개와 플라잉 와이어 사이로 자신이 살고 있는 농가를 내려다보았다.

푸른 드레스 위에 하얀 앞치마를 두른 여인이 현관 앞에 나타나서 손을 흔들었다. 노인도 손을 흔들었다. 아마도 이들은 하늘을 가로질러서도 서로를 얼마나 잘 알아볼 수 있었는지에 대해 나중에 이야기꽃을 피울 것이다.

고맙게도 노인이 나를 돌아보며 이제 충분히 즐겼다는 듯이 고개를 끄덕여서 되돌아가게 되었다.

나는 비행기를 계속해서 태우고 있다는 사실을 마을 사람들에게 알리려고 페리스 지역을 크게 한 바퀴 돌았다. 그리고 나서 비행기를 어디서 탈 수 있는지도 보이려고 나선형을 그리며 목초지로 내려왔다.

내가 옥수수밭 위로 가파르게 기울어지며 막 착륙하려고 할 때 트래블 에어는 땅을 박차며 날아올라서는 방금 우리가 떠나온 농장으로 곧장 향했다.

예전에 다섯 대의 비행기로 사람을 태우는 서커스에 참여한 적이 있었는데 마치 그때처럼 우리가 바쁘게 움직이는 느낌이 들었다…. 한쪽에선 승객들을 태우고서 날아오르는 동안 다른 한쪽에서는 땅 위로 내려앉고는 했다. 우리는 부드럽게 덜컹거리는 소리와 함께 땅에 맞닿았고 건초들이 쌓여 있는 곳까지 굴러가서는 도로 바로 옆에 멈추어 섰다.

엔진이 멈추자 노인은 안전벨트를 풀었고 나는 그가 내리는 걸 거들었다. 노인은 작업복에서 지갑을 꺼내 돈을 세면서 고개를 흔들었다.

"여보게, 대단허구먼."

"그렇죠. 저희는 대단한 걸 팔고 있는 겁니다."

"저 친구 말하는 겨!"

"네?"

"저 친구는 귀신한테도 수영복을 팔아먹을 사람이구먼. 나랑 내기할랑가?"

"왜 그런 말씀을 하시는 거죠?"

"쟈 때문이지 뭐여. 우리 손녀가 비앙기를 다 타다니 말이여!" 노인은 트래블 에어를 쳐다보면서 말했다. 저 멀리서 작은 은빛 조각이 농장 위에서 맴돌고 있었다. 앞뜰의 죽은 나뭇가지에 갑자기 꽃이 피고 열매가 열리는 광경을 보았음에도 침착함을 유지하며 말하는 사람처럼 노인은 말했다.

"쟈는 태어날 때부터 높은 곳이라면 죽겠다고 몸을 사리고 소릴 질러대고 난리를 쳤거든. 무서워서 그랬겠지. 나무 하나 오르는 것도 맨손으로 말벌 건드리는 것만치 무서워혀, 쟈는. 홍수가 나서 물이 들이쳐도 사다리조차 못 탈 것이여. 기계도 좋아허고 동물들허고도 잘 지내는데 높은 곳이라고 허면 무조건 겁을 집어먹거든! 그런 애가 시방 저 하늘에 떠 있는 겨."

노인은 이런저런 얘기를 계속 들려주었다. 몇 년 전에 어떤 순회비행단이 게일즈버그와 몬모스를 거쳐서 이 마을에 왔는데 그들도 우리 같은 복엽기로 온갖 재주를 부렸던 일을 기억을 더듬으며 들려주었다.

저 멀리서 트래블 에어가 점점 커지는 게 보였다. 들판 위로 비스듬히 비행하며 내려왔는데 나 같으면 고소공포증이 있는 소녀를 데리고 그렇게 급경사를 그리며 내려오지는 않았을 것이다. 옥수수밭과 담장 위로 미끄러지듯 나르고 나서 세 바퀴가 동시에 착지하는 모습을 감탄하며 지켜보았다. 트래블 에어를 그런 식으로 착륙시킬 수 있다니 도널드 쉬모다의 비행 경력은 정말 오래되었음이 분명

했다.

비행기가 굴러와 우리 옆에 멈추어 섰는데 여분의 동력이 필요하지 않을 정도였고 프로펠러는 부드럽게 철컥 소리를 내며 멈추었다. 내가 가까이 가서 살펴보니 프로펠러에 벌레들이 보이지 않았다. 여덟 자 길이의 날개에 파리 한 마리 죽은 게 없었다.

나는 재빨리 올라가서 아이가 안전벨트 푸는 걸 도와주었다. 그리고 탑승석 문을 열고서 비행기 날개가 다치지 않게 발 디딜 곳을 알려주었다.

"하늘을 나는 게 어땠어?" 아이에게 물어보았다.

아이는 내가 묻는 걸 듣지 못했다.

"할아버지! 나 무섭지 않았어! 겁 나지 않았어, 정말이야! 우리 집이 장난감처럼 작게 보였는데 엄마가 손을 흔들었어! 도널드 아저씨가 얘기해줬는데 내가 옛날에 높은 데서 떨어져서 죽었기 때문에 무서워했던 거래. 그래서 이제 난 더 이상 무섭지 않아! 난 비행기 조종사가 될 거야. 비행기 한 대 사서 내가 조종할 거야. 가고 싶은 데 마음대로 날아다니고 사람들도 태워줄 거야! 그렇게 해도 되겠지, 할아버지?"

쉬모다는 노인을 향해 빙그레 웃으면서 어깨를 으쓱했다.

"이 아저씨가 너보고 조종사 될 거라고 했다는 얘기여?"

"아냐. 어쨌든 난 그렇게 할 거야. 난 인제 엔진도 잘 다룰 줄 알거든. 할아버지도 알잖아!"

"그래, 니 엄마랑 얘기해보그라. 집에 갈 시간이다, 야."

두 사람은 우리에게 감사 인사를 하고 나서 픽업트럭을 향해 한 사람은 걸었고 또 한 사람은 뛰어갔다. 방금 들판과 하늘에서 일어난 일로 두 사람 다 뭔가 바뀌었다.

자동차 두 대가 도착하였고 이어서 또 다른 차들이 도착하였다. 하늘에서 페리스 마을을 내려다보고 싶어 하는 사람들이 몰려들면서 무척 바빠졌다. 우리는 열두세 차례 하늘을 날았고 최대한 빨리 사람들을 내려주었다. 그러고 나서 나는 주유소에 달려가 플리트를 위한 기름을 구해왔다. 그러고서 승객들을 몇 차례 더 태우고 나니 저녁이 되어갔다. 우리는 해 질 무렵까지 쉴새 없이 비행기를 하늘에 띄웠다.

어디선가 '인구 200'이라는 표지판을 보았는데 어두워질 때까지 마을 사람들 모두와 옆 동네 사람들까지 조금 더 태운 것 같았다. 사람들을 연이어 태워주느라 잊어버린 게 있었다. 아까 그 소녀에 대해서 물어보는 것과 도널드가 뭐라 말했는지 또 과거의 죽음에 대해 말한 게 사실인지 아니면 꾸며낸 이야기인지 확인하는 걸 잊어먹고 있었다. 일하면서 승객들이 바뀔 때 나는 이따금씩 도널드의 비행기에 가까이 가서 살펴보곤 했다. 사람들이 탔던 흔적도 없었고 기름 한 방울 떨어진 흔적도 보이지 않았다. 나는 한두 시간에 한 번씩 벌레들을 조종석 유리창에서 닦아내야 했지만 도널드는 벌레들을 피해가면서 비행한 게 틀림없어 보였다.

우리가 일을 마쳤을 때는 하늘에 빛이 조금밖에 남아 있지 않았다. 내가 양철 스토브 위에 옥수수를 올려놓고 목탄에 불을 붙일 무렵에는 완전히 어두워졌다. 스토브의 불빛이 가까이에 세워둔 비행기들과 주변의 황금색 건초들에 반사되며 빛을 퍼뜨리고 있었다.

나는 식료품 상자를 들여다보았다. "수프, 스튜, 스파게티 중에서 골라 먹을 수 있겠는데." 내가 말했다. "아니면 배나 복숭아. 삶은 복숭아는 어때?"

"아무거나 좋아." 그가 부드럽게 대답했다. "뭐든 괜찮아. 안 먹어도 괜찮고."

"이봐, 자네는 배고프지 않아? 오늘 무척 바쁜 하루였잖아!"

"배고플 정도로 일한 건 아니지만 스튜가 맛있다면야…."

나는 스위스 다용도 칼로 스튜 캔과 스파게티 캔을 열고서는 불 위에 올려놓고 데웠다.

내 주머니는 현금으로 두둑했다…. 하루 중 아주 기분 좋은 순간이다. 꺼내서 세어보았다. 꼬깃꼬깃한 돈을 펴는 게 전혀 힘들지 않았다. 다 세어보니 147달러였다. 머릿속으로 탑승객 수를 계산해보는데 쉽지 않았다.

"그게… 그게… 가만 보자… 넷 하고 둘을 태우고… 오늘 마흔아홉 번을 날았군! 100달러가 넘은 날이야, 도널드! 나와 플리트 둘이서! 자네는 분명 200달러를 훌쩍 넘었겠지… 대부분 두 명씩 태웠지?"

"대부분 그랬지." 그가 대답했다.

"자네가 찾고 있는 그 스승 말인데…." 그가 말했다.

"난 스승을 찾고 있지 않아. 돈을 세고 있다고! 이 돈이면 일주일을 버틸 수 있지. 일주일 내내 비가 오고 춥더라도 말이지!"

도널드는 나를 바라보며 미소를 지었다. "돈더미 속에서 그 정도 헤엄쳤으면 이제 내 스튜 좀 건네줄 수 있겠나?"

3

   많고 많은 사람들이 그들의 중앙에 있는 한 남자에게로 밀려들고 있는 게 마치 홍수로 인한 급류가 몰아치듯 하였다. 곧이어 사람들은 바다가 되었고 그 남자를 익사시킬 기세였다. 하지만 남자는 그 바다 위로 걸어 나와서는 휘파람을 불며 사라졌다. 물바다는 풀바다로 바뀌었다. 하얀색과 황금색이 어우러진 트래블 에어 4000이 하늘에서 내려오더니 초원 위에 착륙하였다. 비행사가 조종석에서 나와서는 '비행—3달러—비행'이라는 안내문을 내걸었다.

   꿈에서 깨어난 시각이 새벽 3시였다. 꿈 내용이 모두 다 기억났는데 이유는 모르겠지만 기분이 좋았다. 니는 눈을 뜨고서 달빛 아래에 플리트와 나란히 서 있는 트래블 에어를 바라보았다. 내가 쉬모다를 처음 만났을 때 그는 침낭을 깔고 앉아서는 비행기 왼쪽 바퀴에 기대고 있었다. 지금 그가 분명하게 보이지는 않았지만 그쪽에 있다는 게 느껴졌다.

"이봐, 리처드." 그가 어둠 속에서 조용히 말을 건넸다. "어떤 일이 벌어지고 있는지 그게 말해주지 않던가?"

"뭐가 말해준다는 거야?" 내가 몽롱한 상태에서 말했다. 꿈 내용이 여전히 기억에 남아 있었고 그가 깨어 있다는 게 놀랍지 않았다.

"당신 꿈 말이야. 그 사내와 군중과 비행기." 그가 인내심을 발휘하며 말했다. "자네는 나에 대해 궁금하게 여겼잖아. 이제는 알겠지? 이런 뉴스들이 실렸지. '도널드 쉬모다—'수리공 메시아' 또는 '미국에 나타난 신의 화신'이라고 불리던 그는 어느 날 이만오천 명의 사람들이 지켜보는 가운데 사라져버렸다.' 이런 뉴스 들어본 적 있나?"

분명 기억이 났다. 오하이오에 있는 어느 작은 마을의 뉴스 가판대에서 읽었다. 1면 기사였다.

"도널드 쉬모다?"

"필요하신 걸 말씀하소서." 그가 말했다. "이제는 자네도 알았으니 더 이상 나에 대한 수수께끼를 풀려고 애쓰지 말고 잠이나 자도록 하게."

오랜 시간 골똘히 생각을 한 다음에야 잠이 들었다.

* * *

"자네는… 허락을 받은 건가? 난 그런 생각이 들지 않는 게… 자네는 그런 일, 그러니까 메시아를 직업으로 삼았잖나. 자네는 세상을 구원하기로 되어 있었고, 그렇지 않나? 메시아가 그렇게 임명장을 반납하고 그만둘 수 있는 줄은 몰랐네." 나는 플리트의 엔진 커버 꼭대기에 앉아서 나의 이상한 친구에 대해서 골똘히 생각해보았다. "도널드, 9/16 렌치 좀 던져줄 수 있나?"

그는 공구함을 뒤져서 렌치를 던져주었다. 그날 아침 그가 던져준 공구들과 마찬가지로 이 렌치도 천천히 날아와 내 손이 닿을 만한 곳에서 멈추었다. 무게가 없는 듯 떠 있으면서 허공 속을 천천히 맴돌았다. 하지만 내가 그걸 잡은 순간 손에서 무게가 느껴졌다. 일상에서 보는 크롬-바

나듐 항공용 엔드렌치였다. 물론 흔히 보는 렌치는 아니다. 싸구려 7/8 렌치가 부러진 다음에는 최고급 공구들만 장만해왔다. 이 물건은 수리공이면 누구나 알고 있는 스냅온 제품으로 흔치 않은 렌치다. 금으로 만들은 양 비싸긴 하지만 손맛이 좋고 무슨 짓을 해도 결코 부러질 일이 없다.

"물론 그만둘 수 있지! 자네가 그만두고 싶은 건 무엇이든 그만둬. 하던 일에 대해 마음이 바뀌었다면 말이야. 숨쉬는 것도 그만둘 수 있어, 자네가 원한다면." 도널드는 재미 삼아 필립스 드라이버를 공중에 띄워놓고 있었다. "그래서 난 메시아 노릇을 그만둔 거야. 약간 방어적으로 들릴 수도 있겠군. 사실 여전히 좀 방어적이긴 하니까. 그런 직업을 붙들고 있으면서 그 일을 싫어하는 것보다는 낫지. 훌륭한 메시아는 자신이 원해서 걷는 길에 대해 싫어하는 게 아무것도 없고 자유롭지. 물론 그건 다른 모든 이들에게도 진실이야. 우리 모두는 **하느님**의 아들 또는 **현존**의 자녀들 또는 **정신**의 관념들이야. 자네가 무어라 부르고 싶든지 간에 하여튼 우리는 그런 존재야."

나는 키너 엔진 위에 있는 실린더의 나사를 조이는 작업을 하고 있었다. 구형 B-5라 불리는 뛰어난 동력 장치이긴 하지만 100시간 정도 비행하고 나면 나사들이 느슨해지기 때문에 한 발 앞서 조여주는 게 현명하다. 아니나 다를까 내가 처음 렌치를 갖다 댄 나사는 4분의 1쯤 풀려 있어서 조여야만 했다. 오늘 아침 승객들을 받기 전에 엔진을 미리 점검한 건 현명한 일이었다.

"맞아, 도널드. 하지만 메시아 일은 다른 일들과는 차이가 있어 보이는데, 그렇지 않아? 예수가 먹고살기 위해 나무에 못 박는 직업으로 돌아간다고? 좀 이상하게 들리는데."

그는 내 말의 요지를 이해하려고 잠시 생각했다. "자네 말을 이해하지 못하겠군. 그 일과 관련해서 내가 이상하게 생각하는 건 사람들이 그를 구세주라고 부를 때 그가 왜 그만두지 않았을까 하는 거야. 그런 나쁜 소식이 들려오자 그는 논리적으로 설득하려고 했지, '좋슈니다, 난 하느님의 아들 맞습니다. 하지만 당신들도 모두 하느님의 자녀입니다. 난 구세주입니다, 그리고 당신들도 마찬가집니다!

내가 하는 일들을 당신들도 해낼 수 있습니다!' 바른 마음 상태에 있는 사람들이라면 누구나 그 말을 이해하겠지."

엔진 커버 위가 뜨거웠지만 일이라고 느껴지지 않았다. 뭔가 이루길 바라면 바랄수록 그걸 일이라고 부르기 어려워진다. 실린더가 엔진에서 떨어져 날아가지 않게끔 작업하고 있다는 것을 알기에 나는 만족스러웠다.

"렌치가 또 필요하면 얘기하게." 그가 말했다.

"이젠 됐네. 쉬모다, 나도 이제 영적으로 무척 성장했기 때문에 자네의 이런 묘기들을 보면서 드는 생각은 어떤 적당히 진화한 영혼이나 초보 최면술사가 파티 같은 데서 벌이는 놀이나 게임, 딱 그런 느낌이 드는군."

"최면술사라! 점점 답에 가까이 가고 있군! 최면술사가 메시아보다 낫기는 하네. 얼마나 지루한 직업이던지! 그렇게 지루한 일이 되리란 걸 왜 몰랐을까?"

"자네는 알고 있었잖아." 나는 똑똑했다. 그는 그저 웃었다.

"그 일을 그만두는 게 그리 쉽지 않으리라는 걸 생각해 본 적이 있나, 도널드? 자네가 평범한 사람의 삶을 제대로 누리기 힘들 수도 있다는 걸 생각해봤나?"

그는 내 말에 웃지 않았다. "물론 자네 말이 맞아." 그가 대답하면서 자신의 검은 머리를 손가락으로 쓸어내렸다. "어디든지 너무 오래 머물면, 그러니까 하루나 이틀 이상 머물면 사람들은 알게 되지, 나한테 뭔가 이상한 게 있다는 걸 말이야. 내 소매를 스치기만 해도 말기암이 치유되고 그럼 나는 일주일도 되기 전에 사람들 속에 파묻혀버리게 되곤 하지. 이 비행기가 날 계속해서 움직이게 해주고 있어. 그 누구도 내가 어디서 왔는지 어디로 갈지 몰라. 이런 일이 나한테 아주 잘 맞아."

"도널드, 자네가 생각하는 것보다 더 힘든 시기가 올 거야."

"그래?"

"그래. 우리 시대는 전체적으로 볼 때 물질적인 것에서 영적인 것을 향해 나아가고 있어…. 느리긴 하지만 상당히 거대한 움직임이지. 세상이 자네를 가만히 두지 않을 거라는 생각이 드는군."

"그들이 원하는 건 내가 아니라 기적이야! 난 누군가에게 기적을 가르쳐줄 수도 있어. 그래서 그 사람이 메시아가 되게끔 말이지. 나는 그에게 메시아 노릇이 지루한 일이라고 말하지 않을 거야. 이런 말을 덧붙여서 해줄 수는 있지. '자네가 달아날 수 없는 그런 큰 문제는 없다네.'"

나는 엔진 커버에서 내려와 3번 및 4번 실린더의 나사를 조이기 시작했다. 전부는 아니지만 일부가 풀어져 있었다. "스누피 형제의 말을 인용하고 있는 거 같은데?"

"어디서 봤든 그게 진리를 말한다면 난 인용할 거야. 암튼 고맙군."

"도널드, 자네는 도망칠 수 없어! 내가 만약 지금 자네를 경배하기 시작하면 어떡할 건가? 엔진 작업이 지루해져서 당신한테 고쳐달라고 애원하면 어떡할 거야? 자, 공중에 어떻게 띄워놓는지 가르쳐만 준다면 이제부터 해질 때까지 번 돈을 모두 당신한테 갖다 바칠게! 자네가 가르쳐주지 않는다면 나는 자네한테 기도드려야 한다는 걸 알아차리겠지. 다시 말해, **나의 짐을 내려놓기 위해 이 세상에 보내진 거룩하신 분에게** 내가 기도를 올려야만 한다는 사실을 깨닫게 되겠지."

그는 그저 빙그레 웃었다. 자신이 도망칠 수 없다는 사실을 이해한 것 같지 않았다. 그가 이해 못 한 걸 나는 어떻게 알 수 있었을까?

"자네는 본인이 겪은 사태의 전모를 이해했나? 인도 영화들에서 볼 수 있듯이 말이야. 군중은 거리를 가득 메우고 있고 꽃과 향, 은으로 수놓아진 황금빛 교단이 설치된 곳에서 자네가 말씀을 전하고 있는 가운데 무수히 많은 손들이 뻗어 나와 자네를 만져대고 있는 그런 광경 말이야."

"아니, 내가 메시아 일을 요청하기 전부터도 그런 상황을 내가 견딜 수 없으리라는 사실을 알고 있었어. 그래서 미국을 선택했는데, 그런데도 군중이 몰려든 거야."

다시 회상하는 게 그에겐 고통스런 일이었고 이런 얘길 꺼낸 게 미안해졌다.

그는 건초더미 위에 앉아 나를 뚫어지게 쳐다보며 말했다. "하느님의 사랑을 전하기 위해 이런 말을 하고 싶었어. 당신들이 자유와 기쁨을 그렇게 바란다면 그런 게 당신들 바깥 그 어디에도 없다는 걸 모르겠어요? 당신들이 자유롭다고 말하면 자유는 당신들의 것이 되는 겁니다! 당신들이 기쁨에 가득 찬 듯 행동하면 기쁨은 당신들의 것이 되는 겁니다! 리처드, 여기에 뭐가 그렇게 어려운 게 있나? 하지만 사람들은 대부분 내 말을 제대로 귀담아듣지를 않았어. 그들은 그저 기적을 보러 온 거야. 차들이 충돌하는 걸 구경하러 자동차 경기장에 가듯이 기적을 구경하러 내게 몰려들었던 거야. 처음엔 그게 절망스러웠는데 나중에는 그저 지루하게 느껴졌어. 다른 메시아들은 그걸 어떻게 견뎌냈는지 모르겠어."

"자네가 그렇게 말하는 걸 들으니 메시아 노릇에 대한 흥미가 좀 떨어지는군." 내가 말했다. 마지막 나사를 조이고 나서 렌치를 내려놨다. "우리는 오늘 어디로 가야 하나?"

그가 내 조종석으로 오더니 유리창에 붙은 벌레들을 닦아내는 대신 그 위로 손을 한 번 휘저었다. 그러자 납작하게 붙어 있던 작은 생명들이 다시 살아나서 어디론가 날아갔다. 물론 그의 유리창은 청소할 필요조차 없었다. 이제 나는 그의 엔진 역시 아무런 유지보수도 필요하지 않다는 사실을 알았다.

"모르겠는데." 그가 말했다. "우리가 어디로 갈지 모르겠어."

"무슨 뜻이야? 자네는 모든 일의 과거와 미래를 알고 있잖아. 자네는 우리가 어디로 갈지 정확하게 알고 있잖은가!"

그가 한숨을 쉬었다. "맞아. 하지만 미래는 생각하지 않으려 애쓰고 있어."

실린더 작업을 하고 있을 때 나는 잠시 이런 생각을 했다. 와, 내가 할 일은 이 사람하고 함께 있는 거야. 그러면 아무런 문제도 생기지 않을 거고 나쁜 일도 절대 일어나지 않고 모든 게 순탄하게 굴러갈 거야. 하지만 '미래는 생각하지 않으려 애쓰고 있어'라는 그의 말을 듣게 되자 이 세상에 보내졌던 다른 메시아들에게 어떤 일들이 일어났는지 기억이 떠올랐다. 내면에서 들려오는 상식의 목소리는 어서 이륙해서 남쪽으로 기수를 돌려 될 수 있는 한 이 남자에게서 멀리 떨어지라고 외치고 있었다. 하지만 앞서 말했듯이 이렇게 홀로 날아다니는 일은 외로운 일이다. 나는 그를 발견한 게 기뻤다. 수직 안정판과 보조날개를 구분할 줄 아는 누군가와 대화를 나눌 수 있으니까.

  나는 남쪽으로 가야 했으나 이륙하고 나서는 그와 함께 북쪽으로 가다가 또 동쪽으로 비행기를 몰며 도널드가 생각하지 않으려고 애썼던 미래로 날아갔다.

4

"이런 건 모두 어디서 배우는 건가, 도널드? 자네는 무척 많이 알고 있잖은가. 그냥 뭐 나 혼자 생각일 수도 있겠지만. 아냐. 자네는 정말 많이 알고 있어. 그게 모두 수행해서 얻은 건가? 스승이 되기 위해 뭔가 공식 훈련을 받지 않았나?"

"책 한 권을 읽으라고 주더군."

나는 플라잉 와이어에 방금 빨래한 실크 스카프를 널고서 그를 바라봤다. "책이라고?"

"《구세주 입문서》인데 스승들에게 바이블 같은 거야. 여기 어딘가 한 권 있어. 관심 있으면 보시길."

"그래, 좋지! 어떻게 하라고 알려주는 공식 도서라는 뜻이겠지…?"

도널드는 트래블 에어의 머리 받침대 뒤편의 짐칸을 잠시 뒤적이더니 스웨드 가죽 같은 걸로 제본이 된 작은 책자 하나를 꺼내 들었다.

메시아 지침서

상급반 영혼의
기억을 돕는 조언들

"아까는 《구세주 입문서》라고 하지 않았나? 여기는 《메시아 지침서》라고 되어 있군."

"도긴개긴이지." 도널드는 자기 비행기 주변에 널려있는 물건들을 챙기기 시작했다. 아마도 옮길 때가 되었다고 여기는 것 같았다.

대충 뒤적여보니 금언과 짧은 문단의 글들을 모아놓은 책이었다.

조망하는 힘—

조망하는 힘을 활용하라, 쓰지 않으면 잃게 되리니.

그대가 이 대목을 읽고 있다면

주변에서 일어나는 일들이

실재가 아니라는 사실을

잊었음을 뜻한다.

        이에 대해 생각해보라.

그대의 기억을 되살려보라.

그대가 어디서 와서 어디로 가고 있는지

그리고 그대 스스로 이런 어수선함을

애초에 왜 만들어냈는지.

기억하라, 그대는 끔찍한 죽음을 맞이하게 될 것이니.

그건 매우 좋은 훈련이다. 그대는 그런 훈련을

보다 더 즐기게 될 것이다—그대가 만야

그런 사실을 잊지 않고

기억한다면.

그렇지만 그대가 죽어갈 때
어느 정도 진지한 태도를 보여라.
웃으면서 처형장으로 가는 모습은
   보다 덜 진화한 생명들로서는
대체로 이해하기 힘든 일이어서
  그대를 가리켜 미쳤다고
     말할 것이다.

"이거 읽어봤나, 도널드? 조망하는 힘을 잃는다는 구절 말이야."

"아니."

"자네가 끔찍한 죽음을 당하게 된다고 쓰여 있는데."

"꼭 그럴 필요는 없어. 상황에 따라 다르거든. 상황을 어떻게 진행하고 싶은가에 따라 달라질 수 있지."

"자네는 끔찍한 죽음을 맞이하게 되고 마는 건가?"

"몰라. 그게 중요한 게 아니야. 이제 내가 그 일을 그만둔 걸 생각해봐. 좀 조용히 승천하는 걸로 충분할 거 같아. 몇 주 안에 결정을 내릴 거야. 여기 온 임무를 마치면 말이야."

그의 얘기가 그저 웃자는 말로 들렸다. 도널드는 시시때때로 그런 식으로 말하곤 했으니까. 몇 주라는 말을 그가 진지하게 얘기하고 있다는 걸 나는 깨닫지 못했다.

나는 《메시아 지침서》를 계속 읽어나갔다. 스승에게 필요한 지식들이 담겨 있었다. 좋았어.

배움의 과정은

그대가 이미 알고 있는 것들을

찾아가는 과정이다.

행한다는 것은 그것에 대해

그대가 알고 있음을 실제로 보여주는 것이다.

가르치는 일은 다른 이들에게

그들도 그대만큼 알고 있다는 사실을

떠올리도록 돕는 일이다.

그대들은 모두 배우는 자요,

행하는 자요,

가르치는 자이다.

그대의 유일한 의무는

어느 생애에서든 그대 자신에게

충실한 삶을 사는 것이다.

다른 누구에게 또는 다른 무엇에

충실하기란 불가능한 일일 뿐만 아니라

가짜 메시아의

표식이다.

가장
　단순한 질문이
가장 심오한 질문이다.
그대는 어디에서 태어났는가? 그대의 집은 어디인가?
　그대는 어디로 가고 있는가?
　　그대는 지금 무엇을 하고 있는가?
　이러한 질문들에 대해
　이따금씩 생각해보라. 그리고
　　주의 깊게 살펴보라, 그대의 대답들이
　　　바뀌는 것을.

그대는

자신이 가장

　　배워야만 할 것들을

가장 잘 가르친다.

"어, 리처드. 묵독 수행 중이군." 쉬모다가 나와 말은 섞고 싶다는 듯이 말을 걸었다.

"그래." 나는 대답하고 계속 읽어나갔다. 이 책이 스승들만 읽을 수 있는 지침서라면 손에서 놓고 싶지 않았다.

살아가라,
그대가 행하거나
　　말한 것들이 온 누리에
　　　공표되더라도 결코
　　　　　부끄러워 말고 살아가라―
　　　심지어
　　공표된 것들이
　　　　　사실이 아닐지라도.

그대의 벗들은
그대를 처음 만나는 그 순간
그대를
천 년 동안 알아온
지인들보다도
그대를 더 잘
알아보리라.

책임을 피하는
가장 좋은 방법은
이렇게 말하는 것이다-
"나한테 책임이 있다."

나는 《메시아 지침서》가 뭔가 이상하다는 걸 알아차렸다. "도널드, 책에 쪽수가 표시되어 있지 않은데…."
"원래 그래. 그저 지침서를 펼치기만 하면 자네가 가장 필요로 하는 게 무엇이든 그게 거기에 적혀 있어."

"마법의 책이군!"

"그렇지 않아. 다른 어떤 책이든 그렇게 해볼 수 있어. 날짜 지난 신문도 주의 깊게 읽기만 한다면 자네가 필요한 걸 발견할 수 있지. 그런 경험 없나? 머릿속에 어떤 문젯거리가 맴돌고 있을 때 손에 잡히는 아무 책이나 펼쳐봤는데 자기한테 필요했던 답을 찾게 되었던 그런 경험 있지 않나?"

"그런 적 없는데."

"그럼 필요할 때 한번 해보시길."

나는 바로 시도해보았다. 눈을 감았다. 그러자 이런 이상한 사람과 계속해서 더 어울려 다닌다면 무슨 일이 벌어질지 궁금한 마음이 올라왔다. 그와 함께 있는 건 즐거웠다. 하지만 오래지 않아 뭔가 아주 즐겁지 않은 일이 그에게 벌어질 거라는 직감이 떠오르는 걸 떨쳐낼 수 없었다. 그런 일이 일어날 때 그 주변에 머무는 게 내키지 않았다. 나는 눈을 감고서 책을 펼쳤다. 그런 다음 눈을 뜨고 읽어보았다.

그대를 한평생
이끌어가는 존재는
그대 내면의 배우는 생명이다.
이 생명은 쾌활한 영적 존재이니
곧 그대의 참나이다.

어떤 가능한 미래로부터
더 이상 배울 게 아무것도 없다는
확신이 들기 전에는 그러한 미래에
등을 돌리지 말라.

그대는 언제나
마음을 자유롭게 바꾸어 다른 미래를,
또는 다른 과거를
선택할 수
있다.

다른 과거를 선택한다고? 문자 그대로? 비유인가? 아니면 무슨 뜻인 거야…?

"도널드, 내가 혼이 좀 빠져나간 거 같아. 도대체가 여기 적혀 있는 것들을 내가 제대로 배울 수 있을런지 모르겠군."

"수행. 약간의 이론과 많은 수행." 그가 답을 줬다. "자네는 열흘 정도 걸리겠군."

"열흘이라."

"그럴 거야. 자네가 모든 답을 알고 있다는 걸 믿게. 자네는 모든 답을 알고 있으니까. 자네가 스승이라는 걸 믿게. 자네가 스승이니까."

"난 어떤 스승도 되고 싶다고 말한 적이 한 번도 없는데."

"그렇군, 자네가 그런 얘길 한 적은 없지."

그렇지만 나는 《메시아 지침서》를 계속 지니고 다녔고, 그는 한 번도 돌려달라고 하지 않았다.

5

 농부들이 중서부 지역에서 농사를 잘 지으려면 좋은 땅이 필요하다. 우리 같은 집시 비행사들도 마찬가지다. 고객들이 접근하기 좋아야 한다. 들판이 마을에서 한 블록 정도 떨어진 곳에 있으면서 잔디가 심어져 있거나 건초나 귀리나 밀은 밑부분만 남기고 베어져 있어야 하고, 비행기의 몸통과 날개를 감은 천들을 먹어 치울 수도 있는 소떼가 없어야 하고, 길 주변에 자동차를 세울 수 있어야 하고, 울타리에는 문이 있어서 사람들이 오갈 수 있고, 비행기가 주택 지붕 위로 낮게 날지 않아도 되게끔 들판이 펼쳐져 있으면서 또 착륙할 때는 시속 80킬로미터로 땅 위를 구르더라도 덜컹거려 부서지지 않을 정도로 평탄해야 하고, 또 뜨겁고 고요한 여름날에 안전하게 들고날 수 있을 정도로 충분히 길어야 하며, 그날 하루 비행하는 걸 땅주인이 허락해주어야만 한다.

  나는 이런 생각을 떠올리며 메시아와 함께 토요일 아침 내내 북쪽으로 날아가고 있었다. 300미터 아래에 대지가 푸른빛과 황금빛을 내며 부드럽게 펼쳐져 있는 모습이 다가왔다. 도널드 쉬모다의 트래블 에어는 내 오른쪽 날개 옆에서 요란한 소리를 내며 흐르듯 날아가는 가운데 거울 같은 몸통으로 햇빛을 사방으로 반사시키고 있었다. 사랑스런 비행기라는 느낌이 들기는 하지만 몸체가 너무 커서 순회비행을 하기에는 정말 까다로운 기종이기도 했다. 한 번에 승객 두 명을 태울 수는 있지만 무게가 플리트보다 두 배나 더 나간다. 그래서 이륙과 착륙을 위해서는 훨씬 더 넓은 들판이 필요하다. 나도 한 때 트래블 에어를 타고 다녔지만 결국 작은 들판을 넉넉히 오갈 수 있는 플리트로 바꾸고 말았다. 작은 들판 가까이에 마을이 있을 가능성도 높다. 플리트는 150미터 길이의 들판에서도 비행할 수 있지만 트래블 에어는 3-400미터가 필요하다. 이 친구와 함께 다니면 그의 비행기가 갖는 제약에 함께 묶여버리고 말겠다는 생각이 들었다.

이런 생각에 빠져 있다가 아니나 다를까, 마을 옆에 붙어 있는 아담한 젖소 목장이 아래에 보였다. 400미터 표준형 목초지인데 절반은 마을 소유의 야구장이 설치되어 있었다.

쉬모다의 비행기는 이곳에 착륙할 수 없다는 것을 알면서도 나는 왼쪽 날개와 앞머리를 올리고서 동력을 줄였고 야구장 방향으로 세이프하듯이 내려갔다. 우리는 들판 왼쪽 담장 바로 위를 지나서 잔디밭과 접촉하며 굴러가다가 약간의 여유 공간을 두고 멈추어 섰다. 그저 좀 뽐내고 싶었다. 플리트를 적절하게 조종만 하면 어떤 일을 해낼 수 있는지 보여주고 싶었다.

내가 다시 이륙하려고 엔진을 가동하자 굉음으로 주변이 뒤흔들렸다. 그런데 내가 쉬모다에게 되돌아가려고 했을 때 트래블 에어가 착륙 준비를 하고 있는 게 보였다. 꼬리는 아래로 날개는 위로 한 게 마치 영광과 우아함을 맘껏 뽐내는 독수리가 싸리빗자루 위에 내려앉으려는 듯한 모양새를 연출하고 있었다.

트래블 에어의 낮은 고도와 느린 속도에 내 머리털이 다 곤두섰다. 이제 곧 들판에 충돌하는 걸 목격하려는 참이었다. 트래블 에어의 경우 저 담장 위를 지나 착륙하기 위해서는 최소한 시속 100킬로미터로 날아야 한다. 그보다 더 느린 시속 80킬로미터로 날게 되면 속도를 잃고 추락해서 찌그러진 깡통처럼 되고 말 것이다. 하지만 내가 보고 있는 건 그 대신 황금색과 하얀색이 어우러진 복엽기가 공중에 멈춰 있는 모습이었다. 사실 말 그대로 멈춘 것은 아니지만 50킬로미터도 되지 않는 속도로 날고 있었다. 시속 80킬로미터에서도 추락하는 비행기가 공중에 멈추어서 놀랍게도 잔디밭 위에 세 바퀴 착륙을 하였다. 그의 비행기는 착륙하는 데 이 공간의 절반만 사용했는데, 나의 플리트는 아마도 이 공간의 4분의 3 정도를 사용했을 것이다.

내가 조종석에 앉아 그저 바라보고만 있는 동안 쉬모다는 비행기를 몰고 와서 멈춰 섰다. 내가 엔진을 끄고서도 여전히 멍하니 그를 쳐다보고 있는데 그가 외쳤다. "훌륭한 들판인데. 자네가 발견했군! 마을도 가깝고 좋은데, 친구?"

우리의 첫 손님은 오토바이를 타고 온 사내아이 둘이었는데 뭐가 어떻게 돌아가는지에 대해 진즉부터 궁금해하며 다가오고 있었다.

"뭔 말이지? 마을이 가깝다고?" 아직도 내 귀에 메아리치는 엔진 소리 너머로 소리쳤다.

"반 블록밖에 안 되거든!"

"아니, 그거 말고! **도대체 지금 착륙한 방식이 뭐야?** 트래블 에어로 말이야! 어떻게 여기 착륙한 거야?"

그는 내게 윙크를 보냈다. "마법!"

"그러지 말고, 도널드… 정말로! 난 자네가 어떤 식으로 착륙하는지 지켜봤다고!"

그는 내가 충격을 받고 겁을 집어먹었다는 걸 알아차렸다.

"리처드, 렌치가 공중에 떠다니고 병자들을 치유하고 물을 포도주로 바꾸고 파도 위를 걸어 다니고 30여 미터의 잔디밭에 트래블 에어를 착륙시키는 것에 대한 답을 알고 싶나? 이 모든 기적들에 대한 답을 알고 싶다는 건가?"

그가 나에게 레이저를 쏘아대는 느낌이 들었다.

"난 자네가 여기에 어떻게 착륙했는지 알고 싶어…."

"잘 들어봐!" 그가 우리 사이에 놓인 심연을 가로질러 외쳤다. "이 세상? 그리고 이 세상 안의 모든 것들? **환상**이야, 리처드! 세상의 모든 게 **환상**이야! **이해가 되나?**"

그는 윙크도 하지 않았고 미소도 짓지 않았다. 내가 오래전에 그걸 깨닫지 못한 것에 대해 갑자기 화가 치밀어 오른다는 듯이 말했다.

오토바이가 트래블 에어의 끝자락에 멈추어 섰다. 사내아이들은 날고 싶은 마음이 가득했다.

"그렇군." 이게 내가 생각해낼 수 있는 대답이었다. "모두 환상임, 오버."

그리고 나서 사내아이들이 그의 비행기에 올라탔고 나는 들판 소유주가 우리를 찾아내기 전에 먼저 그를 찾아가 비행 허락을 얻는 임무를 수행하였다.

그날 하루 트래블 에어가 이륙하고 착륙하는 걸 묘사할 유일한 방안은 이 비행기가 가짜 트래블 에어처럼 보였다고 말하는 수밖에 없다. 이 비행기가 진짜 E-2 경비행기인 양, 아니면 트래블 에어 외관을 한 헬리콥터인 양 묘사할 수밖에 없다. 어쨌든 나로서는 도널드가 승객들을 태우고 시속 50킬로미터로 이륙하는 비행기를 가만히 쳐다보고 있는 것보다 9/16 엔드렌치가 공중에 떠다니는 걸 받아들이는 게 훨씬 더 속이 편했다. 렌치가 공중부양하는 걸 보면서 믿는 것과 기적을 믿는 일은 완전히 다른 일이다.

도널드가 격렬하게 토해냈던 말들에 대해 계속해서 생각해보았다. 환상. 누군가 그런 말을 한 적이 있었지…. 맞아, 내가 꼬마일 때 마술을 배우면서였다—마술사들이 환상이라고 말했다! 마술사들은 우리한테 조심스레 말해줬다. "얘들아, 너희가 이제 보게 되는 건 기적이 아니야. 마술도 사실 아니란다. 말하자면 이건 어떤 효과야, 마술이라는 환상이지." 그리고서 그들은 호두에서 샹들리에를 꺼냈고 코끼리를 테니스 라켓으로 변신시켰다.

어떤 통찰이 쏟아져내리오는 가운데 나는 《메시아 지침서》를 주머니에서 꺼내 열어보았다. 단지 두 문장만 보였다.

그대에게

주어질 선물 없이 어떤 문제가

주어지는 그런 경우는

없다.

그대가 문제들을 찾아다니는

이유는 그러한 문제가 그대에게 안겨줄

선물이 필요하기

때문이다.

분명한 이유는 알 수 없었지만 《메시아 지침서》를 읽으면서 혼란스러움이 가라앉았다. 그 이유를 알아내려고 눈을 감고서 이 구절을 반복해보았다.

마을 이름은 트로이였다. 여기 목초지는 지난번의 페리스만큼이나 좋아 보였다. 하지만 페리스에서는 어떤 고요함이 분명 있었는데 여기서는 공기 중에 어떤 긴장감이 흘렀다. 기분이 썩 좋지 않았다.

우리의 승객들에게 비행은 일생에 한 번 해볼 수 있는 모험이지만 나로서는 판에 박힌 일이었다. 이상한 불편감이 여전히 내 주위를 휘감고 있었다. 내가 하고 있는 모험은 함께 비행기를 몰고 있는 바로 이 인물이었다…. 불가능한 방식으로 자신의 비행기를 띄우고 그걸 해명하려고 이상한 말을 해대는 이 사람.

트로이 사람들은 트래블 에어가 보여주는 기적에 그다지 놀라지 않았다. 어느 마을에서 60년 동안이나 울리지 않던 종이 정오에 올렸다고 해서 내가 그다지 놀라지 않을 거나 마찬가지겠지…. 트로이 사람들은 지금 벌어지고 일이 불가능한 일이라는 걸 모르고 있었다.

그들은 "태워줘서 고마워요!"라고 하면서 "먹고 살려고 이 일만 하나요? …혹시 어딘가 다른 데서 일하지 않나요?"라고 묻기도 하고, "왜 트로이 같은 곳을 택했나요?" 하고 궁금해하기도 했다. "제리, 자네 농장은 신발상자만 하던데!"와 같은 말을 서로 주고받기도 했다.

우리는 바쁜 오후를 지냈다. 비행기를 타려고 사람들이 많이들 찾아왔고 우리가 무척 많은 돈을 벌 수 있을 거란 예감이 들었다. 여전히 내 마음 한 켠에서는 여기서 빠져나가, 어서 나가, 여기서 멀리 벗어나 이런 말이 들려오기 시작했다. 그런 목소리를 지금까지 무시하며 살아왔는데 그러면 언제나 후회스런 일을 겪고는 했다.

3시 무렵이 되었을 때는 기름 때문에 비행기를 세우고서 5갤론 기름통을 양손에 들고 스켈리 주유소에 이미 두 번이나 다녀왔는데 그동안 트래블 에어가 주유하는 걸 한 번도 보지 못했다는 생각이 갑자기 떠올랐다. 페리스에서 만난 이래 쉬모다는 비행기에 기름을 넣은 적이 없었다. 지금 무려 일곱 시간을 넘어 여덟 시간 동안 기름 한 방울 넣지 않고 날아다니는 것을 내 눈으로 보고 있었다. 그가 좋은 사람이고 날 해치지 않으리란 걸 알지만 다시 또 무서워졌다. 트래블 에어를 운항할 때 정말 기름을 최대한 아끼더라도, 즉 속도를 최저로 낮추고 혼합기를 완전히 한가로운 순항 상태에 두었을 때도 날아다닐 수 있는 최대 시간이 다섯 시간이다. 하지만 여덟 시간 동안 날아다니며 이착륙까지 하는 건 도대체가 있을 수 없는 일이다.

내가 중앙탱크에 항공유를 쏟아붓고 엔진에도 기름을 넣을 때 그는 여전히 사람들을 연이어 태우며 비행하고 있었다. 사람들은 비행기를 타려고 줄을 서서 기다리고 있었고…, 도널드는 마치 사람들을 실망시키고 싶지 않다는 듯이 움직였다.

어느 부부가 조종석 앞자리에 타는 걸 도와주고 있던 도널드를 내가 붙들어 세웠다. 될 수 있는 한 침착하게 평상시처럼 들리게 하려고 애썼다.

"도널드, 지금 기름은 어떤가? 좀 넣어야 되지 않아?"
나는 텅 빈 5갤론 기름통을 들고 그의 비행기 날개 끝에 서 있었다.

도널드는 내 눈을 똑바로 들여다보면서 모르겠다는 표

정으로 얼굴을 찌푸렸다. 마치 숨쉬기 위해 공기가 필요하지 않냐고 내가 물었다는 듯이.

그는 "아니."라고 대답했는데 나는 마치 초등 교실 뒤쪽에 앉아 있는 늦된 1학년생 같은 느낌이 들었다. "아니, 리처드. 난 기름이 필요 없어."

그 말에 나는 짜증이 올라왔다. 나는 비행기 엔진과 연료에 대해서 어느 정도는 알고 있다. 나는 열이 나서 이렇게 말했다. "그럼 우라늄은 좀 어떤가?"

그가 웃으면서 한순간에 내 기분을 풀어줬다. "고맙지만 됐어. 작년에 그걸 넣었으니까." 그러고 나서 그는 조종간을 잡고 승객들을 데리고 초자연적으로 느린 움직임을 보이며 이륙하였다.

나는 처음에는 사람들이 집으로 돌아가길 바라다가, 그 다음에는 사람들이 가든 말든 우리가 어서 여길 빠져나가길 바랐고, 이어서 나는 혼자서라도 그곳을 곧장 빠져나올 분별력을 내가 갖고 있기를 바랐다. 내가 바라는 것이라곤 플리트와 함께 날아올라 어떤 마을이든 멀리 떨어져 있는 넓은 들판을 찾아낸 다음 그곳에 가만히 앉아 지금까지 일어난 일들을 생각해보고 일지에 적어보면서 무슨 일이 벌어진 건지 이해해보는 거였다.

나는 플리트에서 내려 쉬모다가 다시 착륙할 때까지 쉬고 있었다. 나는 그의 조종석으로 걸어갔는데 커다란 엔진의 프로펠러에서 나오는 바람이 거세게 불어왔다.

"나는 충분히 날아다녔어, 도널드. 이제 내 갈 길을 가려고. 마을에서 좀 멀리 떨어진 곳에 가서 잠시 좀 한가롭게 있을 생각이야. 자네와 함께 비행해서 즐거웠네. 때가 되면 또 보자고. 괜찮지?"

그는 눈도 깜박하지 않았다. "한 번만 더 태우고 얘기하지. 저 친구가 지금까지 기다리고 있었어."

"알았네."

그 사내는 한 블록 떨어진 곳에서 여기까지 찌그러진 휠체어를 타고 와서 기다리고 있었다. 사내는 어떤 고강도 중력의 압력을 받은 듯 의자에 비틀린 자세로 납작하게 앉아 있었다. 하지만 그는 비행기를 타고 날아보고 싶었기 때문에 여기에 와 있었다. 주변에 있는 4-50명의 사람들 중 일부는 차 안에서 또 일부는 차 밖에서 도널드가 이 사람을 어떻게 휠체어에서 꺼내어 비행기에 태울지 호기심 어린 눈빛으로 바라보고 있었다.

도널드는 그런 것에 대해 전혀 신경 쓰지 않았다. "날아보고 싶나요?" 휠체어에 앉아 있는 사내는 뒤틀린 미소를 지으며 비스듬하게 끄덕였다.

"자, 해봅시다! 날아봅시다!" 도널드가 조용히 말했다. 마치 경기장 대기석에서 아주 오랫동안 기다리던 사람에게 이제 경기에 다시 참여할 때가 되었다고 말하는 것 같았다. 지금 돌이켜 생각해볼 때 그 순간 뭔가 이상한 게 있었다면 그건 도널드의 말투에서 느껴진 어떤 강렬함이었다. 평상시 말투임이 분명했지만 또한 명령이기도 했다. 아무런 조건 달지 말고 일어나서 비행기에 타라는 명령이었다. 그러고 나서 일어난 일들은, 사내가 조금 전까지는 장애가 있는 사람의 역할을 맡아 연기를 하다가 이제 막 그 장면을 끝냈다는 듯한 모습을 연출한 것이었다. 연극 무대 위의 일들처럼 보였다. 고강도 중력은 원래 없었다는 듯이 그에게서 깨끗이 사라졌다. 휠체어에서 튀어 오른 그는 스스로도 놀랍다는 표정으로 트래블 에어를 향해 반쯤은 뛰는 듯한 걸음으로 다가갔다.

　나는 사내 가까이 서 있어서 그가 하는 말이 들렸다. "뭘 하신 거죠?" 그가 물었다. "대체 나한테 뭘 하신 건가요?"

　"비행기를 타실 건가요, 안 타실 건가요?" 도널드가 물었다. "요금은 3달러입니다. 이륙 전에 주시면 고맙겠습니다."

　"탈 겁니다!" 사내가 말했다. 쉬모다는 평소와는 달리 사내가 타는 걸 도와주지 않았다.

　차 안에 있던 사람들이 밖으로 나왔다. 목격자들은 이상한 중얼거림을 흘리다가 충격에 빠져서는 조용해졌다. 사내는 11년 전에 트럭을 몰고 가다가 다리에서 추락한 이후로는 걷지 못했다.

　사내는 침대보로 만든 망토를 몸에 두른 꼬마처럼 비행기에 올라타더니 승객석으로 미끄러지듯 들어가 앉아서는 이제 막 갖고 놀 수 있는 팔을 부여받은 듯이 두 팔을 커다랗게 휘둘러댔다.

　누군가 입을 떼기도 전에 도널드는 조종간을 당겼고 트래블 에어는 공중으로 날아올랐다. 나무들 주변을 날아가

다가 급회전을 하며 아주 격렬하게 하늘 위로 올라갔다.

  어느 순간에 행복한 기분을 느끼는 동시에 또 무시무시할 수도 있을까? 그런 순간들이 연이어 아주 많이 벌어졌다. 기적 같은 치유가 정말 필요해 보이는 한 남자에게 기적 같은 치유라고 부를 수밖에 없는 일이 일어나는 걸 경이롭게 바라봤다. 그러면서도 그 두 사람이 비행기에서 다시 내릴 때 뭔가 불편한 일이 생길 것 같은 느낌이 들었다. 군중이 빽빽하게 모여들어 기다리고 있었다. 빽빽하게 모인 사람들은 사나운 군중이 될 수 있는데 이는 결코 좋은 일이 아니다. 시간은 시시각각 흘러가고 있었고 사람들의 시선은 태양 아래 한가롭게 날아다니고 있는 작은 복엽기에 꽂혀 있었다. 뭔가 격렬한 사태가 벌어지려는 참이었다.

  트래블 에어는 가파르고 늘어진 8자를 여러 번 그렸고 좁다란 나선을 그리기도 하였으며 착륙하기 위하여 느리면서도 요란스러운 비행접시처럼 담장 위를 미끄러져 날아갔다. 그에게 분별력이라는 게 조금이라도 있다면 승객을 들판 옆에 내려주고 재빨리 이륙하여 사라졌을 것이다. 더 많은 사람들이 몰려오고 있었다. 또 다른 휠체어를 어떤 여성이 밀면서 달려오고 있었다.

도널드는 군중 방향으로 비행기를 움직였고 프로펠러를 멀리 두려고 비행기를 돌려서 세운 다음 엔진을 껐다. 사람들이 조종석으로 달려왔다. 나는 사람들이 두 사람에게 다가가려다 비행기 동체의 천을 찢어버릴지도 모르겠다는 생각이 잠시 들었다.

내가 비겁하게 행동한 것일까? 모르겠다. 나는 내 비행기쪽으로 걸어가서 가속기를 움직였고 프로펠러를 당겨서 엔진을 가동했다. 그리고 나서 조종석에 올라 플리트를 바람 부는 방향으로 돌려세우고는 이륙했다. 내가 도널드 쉬모다를 마지막으로 바라보니 조종석 가장자리에 앉아 있는 게 보였다. 격해진 군중이 그를 둘러싸고 있었다.

나는 동쪽을 향하다가 다시 남동쪽을 향해 날아갔다. 그늘을 드리운 나무들과 마실 물이 흐르는 냇물이 있는 커다란 들판을 발견하고서 밤을 지내기 위해 그곳에 착륙하였다. 마을들과는 멀리 떨어진 곳이었다.

6

 나에게 밀려왔던 그 느낌의 정체가 도대체 무엇이었는지 지금도 뭐라 표현하기 힘들다. 파멸이 다가오는 듯한 그런 느낌이 들었고 그래서 나는 그곳에서 빠져나올 수밖에 없었다. 도널드 쉬모다라고 하는 이상하고 수수께끼 같은 친구에게서 멀리 벗어나야만 했다. 내가 파멸의 운명과 엮일 상황에 처하게 된다면 설사 메시아일지라도 나를 붙들어 매둘 만한 권능을 발휘하지 못하리라.

 들판은 고요했다. 조용하고 거대한 목초지는 하늘까지 펼쳐져 있었다…. 내 귓가에 유일하게 들려오는 시냇물 소리는 너무 작아서 거의 들리지 않을 정도였다. 외로움이 다시 느껴졌다. 사람은 혼자 있는 것에 익숙해지기 마련이다. 하지만 그런 익숙함이 단 하루라도 깨진 다음에는 처음부터 다시 홀로 있음에 익숙해지는 과정이 필요하다.

"그래, 잠시 즐거웠으면 됐지." 나는 목초지에 대고 큰 소리로 말했다. "재미있었어. 그리고 아마 그 친구한테서 배울 게 많았을 수도 있겠지. 하지만 너무 많은 사람들이 몰려들면 말이지 군중이 행복해할 때조차…, 만약 그들이 겁을 집어먹으면 누군가를 십자가에 매달거나 경배를 드리거나 둘 중 한 가지 일이 벌어지곤 하지. 미안하지만 그건 너무 끔찍한 일이야!"

이런 말을 하고 나니 뒷덜미가 당겨왔다. 방금 내가 한 말을 쉬모다도 똑같이 했을 수 있다. 그는 왜 거기에 머물렀을까? 나에겐 떠남을 선택하는 분별력이 있었다. 나는 결코 메시아가 아니었다.

환상. 그는 환상이라는 말을 무슨 뜻으로 얘기한 걸까? 그가 말하거나 행한 것들 중 그 무엇보다 중요했던 게 환상이라는 말이었다. 도널드는 "모든 게 환상이야!"라고 말했는데 미치 그 개념을 내 미릿속 깊이 새겨넣으려는 듯한 기세였다. 그래, 그건 내가 풀어야 할 하나의 문제이고 또 그런 문제가 주는 선물이 나한테 필요하다고 치자. 하지만 나는 여전히 그게 무슨 의미인지 모르겠다.

　나는 불을 지펴서 약간 남은 스튜와 콩고기 몇 조각과 마른 누들과 핫도그 두 개를 데웠다. 사흘 전에 꺼내놨을 때 끓여 먹었으면 좋았을 것들이다. 공구함은 식료품 상자 옆에 나란히 처박혀 있었다. 아무 이유 없이 9/16 렌치를 꺼내 들고 바라보다가 깨끗이 닦아서 그걸로 스튜를 휘휘 저었다.

　나는 혼자였고 지켜볼 사람도 없었다. 그래서 그저 재미 삼아 그가 하던 방식대로 렌치를 공중에 띄워 보는 시도를 해보았다. 내가 렌치를 똑바로 위로 던져 올리고 나서 눈을 깜박이면 렌치가 올라가다가 잠시 멈췄다가 내려오기 시작하는 0.5초의 순간에는 그게 공중에 떠 있는 느낌이 들기도 했다. 하지만 렌치는 초지나 내 무릎 위로 툭 떨어져서 그런 효과는 금방 사라졌다. 분명 똑같은 렌치이긴 한데…. 도널드는 그걸 어떻게 했던 걸까?

　모든 게 환상이라면, 쉬모다 선생, 도대체 실재하는 건 뭐란 말인가? 그리고 이 삶이 환상이라면 우리는 도대체 왜 이런 삶을 살아가고 있는 건가? 렌치를 두어 번 더 던져보고 나서 결국 포기하고 말았다. 그만두고 나자 갑자기 즐겁고 행복해졌다. 내가 있는 곳에 내가 있었고 내가 알고 있는 것들을 나는 알고 있었기 때문이다. 비록 그게 모든 실존에 대해서 아니면 몇몇 환상들에 대해서조차 답이 될 수는 없겠지만.

나는 외로울 때 이따금 노래를 부른다. "오, 나 자신이여, 그리고 낡은 **페인트여**!" 나는 노래를 부르며 플리트에 대한 진실한 사랑의 마음을 담아 그 날개를 가볍게 두드린다(듣는 이가 아무도 없다는 사실을 기억하시길). "우리는 하늘을 떠돌지니… 둘 중 하나가 굴복하기 전까지는 이 목초지 저 목초지 날아다니며…." 나는 노래를 불러가며 즉흥적으로 작사작곡을 한다. "굴복하지 않으리, 그런 일은 없으리, 페인트여! 그대가 **날개 보**를 부수지 않는 한… 그래도 난 와이어로 그대를 묶으리니… 우린 계속 날아가리… **우린 계속 날아가리**…"

한번 시작해서 기분이 좋아지면 노래가사가 끝없이 흘러나온다. 곡조는 그렇게 중요할 게 없다. 메시아와 엮였던 문제들은 더 이상 생각나지 않았다. 그가 누군지 뭘 하려 했는지 내가 알 길은 없었다. 그래서 그런 생각은 그만두었고 그러자 행복한 기분이 들기 시작했다.

열 시쯤 되자 모닥불이 약해졌고 내가 부르던 노래도 잦아들었다.

"도널드 쉬모다, 자네가 어디 있든…" 날개 아래에 침낭을 펼치면서 나는 중얼거렸다. "자네가 행복한 비행을 하고 있기를, 그리고 군중에 휩싸이지 않기를 기원하네. 아니, 취소. 다시 말하지. 친애하는 고독한 메시아 형제여, 그대가 찾는 게 무엇이든 그걸 찾아내길 바라네."

셔츠를 벗으면서 그가 준 《메시아 지침서》가 주머니에서 빠져나왔다. 나는 펼쳐진 곳을 읽었다.

그대의
진정한 가족들을 이어주는 고리는
핏줄이 아니라
　서로의 삶에서 느끼는
존경과 환희에 있다.

　가족들이
한 지붕 아래에서
성장하는 일은
　드물다.

이 구절이 나하고 어떤 관계가 있는 것인지 이해가 가지 않았다. 나는 이 책이 내 머릿속을 장악하게 내버려 두지 않겠다고 마음먹었다. 침낭 속으로 부스럭대며 들어갔다. 따뜻한 기운을 느끼며 침낭 안에서 하늘을 지붕 삼아 어쩌면 환상일 수도 있겠지만 분명 아름답기 그지없는 수천의 별들 아래에서 불 꺼진 전구처럼 꿈도 꾸지 않고 깊은 잠속으로 빠져들었다.

*　*　*

다시 의식이 돌아오고 보니 막 떠오르기 시작한 해가 장밋빛과 황금빛을 뿜어내고 있었다. 내가 깨어난 건 햇빛 때문이 아니라 무언가가 내 머리에 부드럽게 와닿는 게 느껴졌기 때문이었다. 처음에는 건초가 날아다니다가 나를 건드린 걸로 생각했다. 그 다음엔 벌레라고 생각하고 힘껏 내리쳤다가 손이 거의 부러질 뻔했…. 9/16 엔드 렌치는 내 손으로 힘껏 내려치기에는 너무 단단한 물건이다. 잠이 확 깼다. 렌치는 비행기의 보조날개 이음새에 부덮히고 나서 잠시 풀밭에 파묻혔다가 다시 공중으로 떠오른 다음 큰 원을 그리며 빙빙 돌고 있었다. 정신이 더 들어서 지켜보자 렌치는 부드럽게 땅 위에 내려앉은 다음 더 이상 움직이지 않았다. 렌치를 다시 손에 들어보니 내가 익히 알고 좋아하던 예전의 9/16 엔드렌치였다. 예전과 똑같이 무겁고 예전과 똑같이 볼트와 너트를 조이고 싶어 하는 그런 렌치였다.

"이런 제기랄!"

나는 원래 '제기랄' '빌어먹을' 같은 욕설을 하지 않는 사람이다. 아마도 이런 욕을 하고 싶어 하는 내면 아이가 남아 있던 것 같다. 어쨌든 나는 너무나 당혹스러워 적절한 말로 표현할 수가 없었다. 도대체 이 렌치가 어떻게 된 건가? 도널드 쉬모다는 여기서 최소한 100킬로미터는 떨어져 있다. 나는 렌치를 들고서 무게를 느껴보고 이러저리 살펴보며 대조를 해보았다. 선사시대 유인원이 자기 눈앞에서 굴러가고 있는 바퀴의 정체를 알지 못해 낑낑대는 모습과도 같았다. 어떤 단순한 이유가 있을 텐데….

나는 찜찜한 마음이 들었지만 어쩔 수 없이 포기하고 렌치를 공구함에 넣고서는 팬케이크를 해먹으려고 불을 지폈다. 다른 어딘가로 가려고 서두를 필요가 없었다. 여기 있고 싶다면 온종일 있을 수도 있다.

팬케이크가 잘 부풀어 올라서 막 뒤집으려던 참에 서쪽 하늘에서 어떤 소리가 들려왔다. 이 소리가 쉬모다의 비행기에서 나는 소리일 리는 없다. 중서부에 무수히 널려 있는 들판 중 하나에 불과한 이곳을 그 누가 쫓아올 수 있다는 말인가. 하지만 나는 도널드라는 사실을 알았고 휘파람을 불기 시작했다…. 팬케이크와 하늘을 바라보며 그가 착륙했을 때 아주 침착한 태도로 말할 무언가를 머리에서 짜내려고 애썼다.

정말 트래블 에어였다. 오케이. 트래블 에어는 플리트 위로 낮게 날아와서는 과시하듯 급회전을 하고 나서 허공을 가르며 미끄러져 내려와 규정 속도인 시속 100킬로미터로 착륙하였다. 도널드는 자신의 비행기를 플리트와 나란히 세우고서 엔진을 껐다. 나는 아무 말도 하지 않았다. 손은 흔들었지만 말은 한 마디도 하지 않았다. 휘파람도 그만뒀다.

그는 조종석에서 내려와 모닥불 쪽으로 걸어왔다. "잘 지냈나, 리처드."

"늦었군. 팬케이크가 거의 탈 뻔했어."

"미안."

나는 물 한 컵과 팬케이크 반쪽을 담은 접시 그리고 마가린 한 덩어리를 함께 건넸다.

"그 일은 어떻게 됐어?"

"잘 지나갔어." 그는 살짝 미소를 지으며 말했다. "겨우 목숨만 빠져나왔지."

"자네가 살아남기 어렵다고 생각했어."

그는 묵묵히 빵을 먹었다. "이봐." 마침내 그가 입을 열었다. 도널드는 팬케이크를 관조하듯 가만히 바라보고 있었다. "이건 정말 끔찍한 맛이군."

"아무도 자네한테 그걸 억지로 먹으라고 하지 않았어." 못마땅하다는 듯이 내가 말했다. "왜 다들 내 팬케이크를 싫어하는 거야? **도대체가 아무도 내 팬케이크를 좋아하지 않아!** 이건 왜 그런 건가요, 승천하신 스승님?"

"음." 그가 씩 웃었다. "자, 이제 내가 하느님으로서 말하노니, 그대는 이게 맛있다고 믿고 있고 그런 까닭에 그대에게는 맛있게 느껴진다는 사실을 내가 말하곤 했노라. 그대가 믿는 바를 너무 굳게 믿지 말고 팬케이크를 만들라. 음, 이건 뭐랄까… 제분소에… 홍수가 난 다음… 불이 난 곳에서 만든… 그런 맛 같지 않아? 아마도 여기 목초지의 풀들도 좀 집어넣은 것 같고."

"미안. 옷소매에서 떨어진 모양이네. 그렇지만 기본적으로 팬케이크 자체는 어떤가…? 풀 부스러기나 불에 탄 부분은 빼고 말이야. 그러니까 팬케이크 자체는 뭔가 기본적으로 … 다르지 않나?"

"끔찍해." 도널드는 한 입만 베어 먹고 남은 팬케이크를 나한테 도로 넘겨줬다. "굶는 게 낫겠어. 복숭아는 남은 게 있나?"

"상자에 있어."

나를 어떻게 발견했을까? 이 벌판에서? 수십 만 평방 킬로미터에 달하는 대초원에서 9미터 길이에 불과한 비행기 날개를 발견해내기란 쉬운 일이 아니다―특히 해를 마주하며 날아오면서는. 하지만 나는 묻지 않겠다고 다짐했다.

자기가 말하고 싶으면 말하겠지.

"어떻게 날 찾아냈어? 내가 어디에 있을 줄 알고?" 결국은 내가 물었다.

그는 복숭아 캔을 열고 나이프로 꺼내먹고 있었다. 쉽사리 따라 할 재주는 아니었다.

"비슷한 존재들은 서로를 끌어당기지." 그는 중얼거리다가 복숭아 한 조각을 놓쳤다.

"뭔 말이야?"

"우주 법칙이야."

"오."

나는 팬케이크를 다 먹고 나서 냇가의 모래로 프라이팬을 문질러 닦았다. 내가 만든 팬케이크는 확실히 맛있다.

"혹시 설명 좀 해줄 수 있겠어? 내가 어찌 당신처럼 존경받는 존재하고 비슷한 존재일 수 있겠어? 아니면 그 비슷하다는 게 우리 비행기가 닮았다는 건가?"

"우리 기적 일꾼들은 함께 뭉치기 마련이지." 그가 말했다. 이 얘기를 하는 그의 말투는 친절한데 무섭게 들렸다.

"아… 도널드? 마지막에 한 말이 뭐야? 아마도 뭔가 심중에 있는 말을 하고 싶었던 것 같은데… **우리 기적 일꾼들?**"

"9/16 엔드렌치는 원래 공구함에 가만히 있었어. 그런데 오늘 아침 그 렌치를 공중부양시키고 있던 건 바로 자네였잖아. 틀린 게 있으면 말해 보라고."

"난 아무것도 한 게 없어! 잠에서 깼을 때… 그게 날 깨운 거야, 그 렌치가!"

"오, 그 렌치가." 그가 나를 향해 껄껄 웃었다.

"**맞다니까, 그 렌치가!**"

"리처드, 자네는 팬케이크를 굽는 일에 대해 이해하고 있는 것만큼이나 완벽하게 기적을 일으키는 일에 대해 이해하고 있어."

나는 도널드의 말에 대꾸하지 않았다. 그저 침낭에 편한 자세로 누워서 될 수 있는 한 조용히 있었다. 그가 뭔가 할 말이 있다면 적당한 때에 말하겠지.

"우리 가운데 어떤 이들은 이런 걸 무의식적으로 배우기 시작하지. 우리의 일상적인 의식은 그걸 받아들이려 하지 않거든. 그래서 잠을 자는 동안 기적을 일으키는 작업을 하게 되는 거야." 그는 하늘을 바라봤다. 그날 갓 나타난 작은 구름들이 보였다. "조급하게 느낄 필요는 없어, 리처드. 우린 모두 더 많은 것들을 배워가는 과정 속에 있어. 이젠 그 배움이 좀 더 빨라질 거야. 그래서 자네가 미처 알아차리기도 전에 지혜롭고 노숙한 영성의 거장이 되어 있을 거야."

"무슨 뜻이야? 내가 미처 알아차리기도 전이라니? 난 그런 건 알고 싶지 않아! 아무것도 알고 싶지 않다고!"

"자네는 아무것도 알고 싶지 않다는 거군."

"그런데 말이야, 이 세상이 왜 존재하는지 이 세상의 정체가 무엇인지 내가 왜 여기서 살고 있는지 내가 나중엔 어디로 가게 되는지… 뭐 이런 걸 알고 싶긴 하지. 소원이 하나 있다면 비행기 없이 날아다니는 법 같은 걸 알고 싶긴 해."

"유감스럽군."

"뭐가 유감스러운가?"

"일이 그런 식으론 진행되진 않거든. 이 세상의 정체가 무엇인지 또 어떻게 작동하는지 배우게 되면 자동으로 기적을, 아니 기적이라 불리는 것들을 일으키기 시작하지. 하지만 물론 기적 같은 건 없어. 마술사들이 알고 있는 걸 배워보라고. 그럼 더 이상 마술 같은 건 없잖아." 그는 하늘에서 시선을 돌렸다. "당신도 다른 모든 이들과 마찬가지야. 자네는 이미 이런 걸 알고 있어. 다만 자신이 알고 있다는 사실을 아직 알아차리지 못하고 있을 뿐이지."

"기억이 나지 않는군." 내가 말했다. "내가 이런 거, 그러니까 그게 뭐든지 간에 군중이 당신한테 몰려들게 만들어 당신 인생을 온통 골치 아프게 만드는 것들에 대해 내가 배우고 싶어 하는지 아닌지에 대해 자네가 나한테 물어봤던가? 난 기억이 나지 않는군." 이 말을 하자마자 나는 곧 깨달았다. 내가 나중에 기억해낼 거라고 도널드가 말하리라는 것을, 그리고 그의 얘기가 결국 맞으리란 것을 나는 알았다.

그는 풀밭에 대자로 누웠다. 밀가루 포대 끝자락을 베개로 삼았다. "자, 군중 걱정은 하지 않아도 돼. 자네가 원치 않는 한 그들은 자네 털끝 하나 건드리지 못해. 자네는 마술을 할 수 있어. 기억해봐. **휙!** 그럼 자네는 보이지 않게 되고 문을 통과하여 유유히 빠져나가는 거야."

"트로이에서는 군중한테 붙들렸잖은가. 그렇지 않나?"

"그들이 날 붙드는 걸 내가 원치 않는다고 말했나? 난 그런 걸 허용했어. 그런게 좋았거든. 누구나 좀 그럴듯하게 보이려는 게 있잖아. 그렇지 않다면 우리가 스승으로서 그런 일을 해내지 못하겠지."

"자네는 그만두지 않았던가? 내가 읽은 바로는 분명히…?"

"그때 상황으로 말하자면 나는 유일한 전업 메시아가 되어 가려던 참이었어. 그런데 내가 완전히 그만둔 거지. 그렇다고 해서 내가 여러 생애에 걸쳐 배웠던 것들이 사라져버리진 않거든. 그렇지 않겠어?"

나는 눈을 감고 건초 하나를 소리 나게 씹었다. "이봐, 도널드. 뭘 말하려는 거야? 무슨 일이 어떻게 돌아가고 있는지 왜 툭 까놓고 말해주지 않는 거야?"

침묵이 오랫동안 이어졌다. 그러고 나서 그가 말했다. "이젠 자네가 내게 말해줘야 할 것 같은데. 내가 말하려는 걸 자네가 말해봐. 틀린 데가 있으면 내가 고쳐주겠네."

나는 잠시 그 제안에 대해 생각해보았다. 그리고 그를 놀라게 해주리라 마음먹었다. "알았어, 내가 말해 볼게." 나는 잠시 침묵했다. 내가 그리 유창하게 발언하지 않을 경우 그가 얼마나 인내심을 발휘할지 알아보기 위해서였다. 해가 높이 떠서 아주 따뜻했고 일요일인데도 농부가 들판 어딘가 보이지 않는 곳에서 디젤 트랙터로 옥수수밭을 갈고 있었다.

　"좋아, 내가 말해 볼게. 우선 첫째, 처음에 내가 페리스 마을의 들판에서 자네가 착륙해 있는 걸 목격한 건 전혀 우연이 아니었어. 그렇지?"

　그는 꿀 먹은 듯 조용히 있었다.

　"그리고 둘째, 당신과 나는 어떤 신비스런 협약을 맺은 게 있어. 분명 나는 그걸 잊어버렸지만 자네는 기억하고 있지."

　부드럽게 부는 바람만이 느껴졌다. 멀리서 트랙터 오가는 소리가 들렸다.

　이 얘길 듣고 있는 내 마음속 일부는 이게 꾸며낸 얘기라는 생각이 들지 않았다. 나는 진실한 얘기를 구성해내고 있었다.

"우리는 삼, 사천 년 전쯤에 만난 적이 있어. 뭐 하루 정도라고 해두지. 우리는 같은 종류의 모험을 즐겨. 그리고 아마도 같은 종류의 파괴자들을 미워할 거야. 서로에게서 아주 재밌는 것들을 많이 배우고 서로에 대해 빨리 알게 되지. 자네가 더 좋은 기억력을 가졌어. 우리가 다시 만난 건 자네가 말한 '비슷한 존재들은 서로를 끌어당긴다.'는 법칙을 증명해주는 거야."

나는 새 건초를 집어 들었다. "내가 잘하고 있나?"

"장광설이 될 거 같다는 생각이 잠시 들었어." 그가 대답했다. "장광설이 되고 말겠어. 하지만 이번에는 자네가 산뜻하게 해낼 수도 있겠다는 생각이 살짝 드는군. 계속해보게."

"또 한 가지 분명한 건 내가 계속해서 얘기할 필요가 없다는 거야. 자네는 알아야 할 것들을 이미 알고 있으니까. 하지만 내가 이런 것들을 말하지 않으면 자네는 네가 스스로 어느 정도 알고 있다고 여기는지 모르겠지. 그렇게 되면 나는 배우고 싶은 것들을 전혀 배울 수 없게 될 거고." 나는 건초를 내려놨다. "도널드, 그런 게 자네한테 뭐가 도움이 되는 건가? 나 같은 사람들에 대해 신경 쓰는 이유가 뭐지? 누군가가 당신만큼 상급반 수준이 되면 언제든지 그 부산물로 기적을 일으키는 권능을 갖게 되는 거잖아. 자네한테는 내가 필요 없어. 자네는 이 세상에서 필요한 게 아무것도 없다고."

나는 고개를 돌려 그를 바라봤다. 그는 눈을 감고 있었다. "트래블 에어의 항공유 같은 거 말인가?" 그가 말했다.

"맞아." 내가 말했다. "세상에 남아 있는 거라곤 지루함뿐이지…. 모험이랄 게 없어. 이 지상에서 자네를 힘들게 할 게 아무것도 없다는 걸 자네는 알고 있으니까. 자네의 유일한 문제는 자신에게 아무런 문젯거리가 없다는 사실이지!"

내가 정곡을 찔렀다는 생각이 들었다.

"거기서 틀렸어." 그가 반응했다. "내가 왜 그 일을 그만뒀는지 설명해보라고…. 내가 왜 메시아 일을 그만뒀는지 알고 있나?"

"군중이라고 자네가 말했잖아. 그들은 모두 자네가 자

기들을 위해 기적을 일으켜주기를 원했잖나."

"군중 자체는 아니고 기적이 문제지. 군중공포증은 당신의 십자가이지 내 십자가는 아니야. 나를 지치게 하는 건 군중 자체가 아니란 말이야. 내가 말하고자 하는 것에 대해 전혀 관심 없는 군중이 나를 지치게 하는 거야. 자네는 뉴욕에서 런던까지 바다 위를 걸어서 갈 수 있어. 자네는 금화를 허공에서 끄집어내는 일을 영원토록 해보일 수도 있지. 그래도 그들이 자네 얘기에 귀를 기울이게 하지는 못해. 자넨 그걸 알고 있나?"

이렇게 말하는 그가 이 세상 그 누구보다 외로워 보였다. 그에겐 음식도 잠자리도 돈도 명성도 필요 없었다. 자기가 알고 있는 걸 말해주고 싶은 마음이 굴뚝 같은데 아무도 귀를 기울이지 않았다.

나는 울지 않으려고 얼굴을 찡그렸다. "그래, 자네에겐 그런 게 필요했지." 내가 말했다. "그런데 당신의 행복이 누군가의 행동에 달려 있다면 그건 당신한테 뭔가 문제가 있는 거 같은데."

그가 고개를 번쩍 들었는데 마치 내가 렌치로 그의 머

리를 때렸다는 듯이 눈에서 불꽃이 튀었다. 이 사내를 열받게 하다니 내가 현명하지 못했다는 생각이 퍼뜩 들었다. 번갯불을 내리꽂아 새까맣게 태워버릴 수 있는 사람 아닌가.

그렇지만 그는 다시 살짝 미소를 지었다. "당신 그거 알아, 리처드?" 그가 천천히 말했다. "자네가… 말한 게… 옳다네!"

그는 다시 침묵했고 내가 말한 것 때문인지 아주 깊은 의식 상태로 들어간 듯했다. 나는 스스로 알아차리지 못한 가운데 그에게 몇 시간 째 떠들어대고 있었다. 우리가 어떻게 해서 만나게 되었는지 배워야 할 게 무엇이었는지 등에 대한 온갖 생각들이 머릿속에서 새벽의 살별이나 대낮의 별똥별처럼 튀어나왔다. 그는 풀밭에 꼼짝도 하지 않고 가만히 누워서는 한 마디도 하지 않았다. 정오 무렵이 되어 나는 우주 그리고 우주에 살고 있는 모든 존재들에 대한 내 의견을 피력하는 일을 마쳤다.

"… 그런데 이제 겨우 시작인 것 같은데, 도널드. 얘기할 게 너무 많아. 이 모든 걸 내가 어떻게 알고 있는 거야? 어떻게 된 일이지?"

그는 대답하지 않았다.

"자네가 나 스스로 답하길 바란다면 고백하건대 난 모르겠어. 이 모든 걸 내가 왜 지금 와서 얘기할 수 있게 된 거지? 예전에는 한 번도 시도해보지 않은 일을 말이야. 내게 무슨 일이 일어난 거야?"

아무런 답이 없었다.

"도널드? 이젠 자네가 말해도 좋아. 제발."

그는 한마디도 하지 않았다. 나는 생명의 파노라마에 대해 그에게 설명했다. 나의 메시아는 아까 자신의 행복에 대해 우연히 들은 말 한마디로 자기가 들어야 할 얘기를 모두 들었다는 듯 잠속으로 곧장 빠져들었다.

7

    수요일 아침 여섯 시 아직 잠들어 있을 때 **콰앙!!** 하는 격렬하고 엄청나게 큰 소음이 갑작스레 들려왔다. 어떤 교향곡의 격정적인 대목에서 이제 막 고음에 도달한 듯했다. 수천 명의 합창단이 라틴어로 부르는 노래가 생생하게 들려왔고, 바이올린과 팀파니 그리고 유리잔이 깨질 듯한 트럼펫 소리도 들렸다. 대지는 부르르 몸을 떨었고 플리트는 바퀴 위에서 이리저리 흔들렸으며 나는 400볼트에 감전된 고양이가 털을 온통 곤두세우고 비명을 지르며 날뛰듯 플리트의 날개 아래서 뛰쳐나왔다.

    하늘에는 해가 차가운 불처럼 떠오르고 구름이 천연물감처럼 살아 움직이고 있었다. 하지만 이런 장관도 교향곡이 다이너마이트 같은 절정으로 치달으면서 희미해졌다.

"그만! 그만! 음악을 꺼! 끄라고!"

쉬모다가 소리를 크게 지르고 매우 격분해 있어서 시끄러운 소리 너머로도 그의 목소리가 들렸다. 소리는 즉각 멈추었고 메아리는 점점 작아지면서 멀리멀리 저 멀리 사라져갔다. 이어서 베토벤의 성가가 꿈결의 산들바람처럼 온화하게 들려왔다.

그러나 이 음악도 쉬모다를 감동시키지는 못했다.

"이봐, 끄라고 했잖아!"

음악은 멈추었다.

"후우!" 그가 한숨을 쉬었다.

나는 그저 쉬모다를 바라봤다.

"모든 게 때와 장소가 있어. 그렇지?" 그가 말했다.

"그렇지. 때와 장소, 그래…."

"천상의 사랑스러운 음악은 좋아, 당신 마음 안에서 개인적으로 듣는다면 말이야. 특별한 경우가 있을 수 있겠지만 꼭두새벽에 그렇게 크게 울려대는 게 말이 돼? 도대체 뭘 하고 있는 건가?"

"내가 뭘 하고 있냐고? 도널드, 나는 깊이 잠들어 있었는데… 내가 뭘 하고 있냐니 무슨 말이야?"

그가 고개를 저었다. 어쩔 수 없다는 듯 어깨를 으쓱하며 콧방귀를 뀌더니 날개 아래 침낭 속으로 다시 들어갔다.

《메시아 지침서》가 풀밭에 떨어진 채 엎어져 있었다. 나는 조심스레 펼쳐 들고 읽어보았다.

> 그대의 한계들에 대해
> 열심히 주장해보라. 그리하면
> 분명 그 한계들은
> 그대의 것이
> 되리라.

메시아들에 대해 내가 아직 이해하지 못하는 게 많이 있었다.

8

우리는 월요일 위스콘신 하몬드에서 승객 몇 명을 태우고 난 뒤 저녁을 먹으러 마을로 걸어서 다녀오는 길이었다.

"도널드, 이번 생이 흥미롭게 되거나 지루하게 되거나 아니면 우리가 무얼 선택하든지 그렇게 될 수 있다는 자네 주장을 나는 인정할 수 있어. 하지만 내 머리가 아주 잘 돌아갈 때 생각해봐도 우리가 왜 여기 있는지 도대체 이해할 수가 없거든."

우리는 문 닫힌 철물점과 문을 열고서 《내일을 향해 쏴라》를 상영하는 극상 앞을 지나고 있었는데 그는 내 질문에 답하는 대신 발걸음을 멈추고서 나를 돌아봤다.

"돈 좀 갖고 있지?"

"많지. 뭔 일 있어?"

"이 영화를 같이 보자고. 자네가 내겠나?"

"글쎄, 도널드. 자네나 보게. 난 비행기들한테 돌아갈래. 너무 오래 혼자들 있게 놔두고 싶지 않거든." 갑자기 영화 보는 게 뭐 그리 중요하다고?

"비행기는 괜찮아. 영화나 같이 보자고."

"이미 시작했는데."

"좀 늦게 보면 어때."

그는 이미 자신의 입장권을 구입하고 있었다. 나는 그를 따라 어둠 속으로 들어갔다. 우리는 극장 뒤쪽 편에 앉았다. 어둑어둑한 가운데 대략 오십여 명의 사람들이 보였다.

잠시 후 나는 극장에 들어온 이유를 잊어버리고 영화의 흐름에 푹 빠져들었다. 나는 이 영화가 이미 고전의 반열에 올랐다는 생각이 언제나 들곤 한다. 이번이 세 번째 관람이다. 좋은 영화가 그렇듯 극장 안에서의 시간은 소용돌이치며 빠르게 흘러갔다. 나는 잠시 기술적인 이유들에 대해 궁금해하며 관찰했다―각 장면들은 다음 장면과 어떤 식으로 연결되도록 설계된 걸까, 이 장면은 왜 나중이 아니라 지금 나오는 걸까 등. 이런 식으로 영화를 보려고 애썼지만 영화의 흐름 속으로 빨려 들어가 잊어버리고 말았다.

거의 마지막 장면에서 부치와 선댄스가 볼리비아 군대에 완전히 포위되었을 무렵 쉬모다가 내 어깨를 건드렸다. 영화에 눈을 꽂은 채 그에게 몸을 기울였다. 그가 말하려는 게 무엇이든 영화가 끝난 뒤에 말해주길 간절히 바랐다.

"리처드?"

"얘기해."

"왜 여기 있는 건가?"

"좋은 영화잖아, 도널드. 쉿." 부치와 선댄스는 온통 피투성이가 되어서는 그들이 왜 오스트레일리아에 가야 하는지에 대해 얘기하고 있었다.

"이게 왜 좋은 영화야?" 그가 물었다.

"재미있잖아. 쉿. 나중에 말할게."

"어서 거기서 빠져나오라고. 정신 차려. 모두 환상이니까."

나는 짜증이 올라왔다. "도널드, 이제 몇 분밖에 남지 않았어. 끝나고 나서 자네가 얘기하고픈 게 뭐가 됐든 나눌 수 있는 거잖아. 지금은 영화 좀 보게 내버려 둬. 알겠지?"

그는 열정적이면서도 극적인 억양으로 속삭였다. "리처드, 자네는 왜 여기에 있는 거야?"

"이봐, 자네가 오자고 해서 여기 있는 거잖아!" 나는 몸을 돌려 영화의 끝 장면을 보려고 애썼다.

"굳이 올 필요는 없었어. 자네는 '아니, 됐어'라고 말할 수도 있었지."

"이 영화가 좋다니까!" 앞 좌석의 남자가 나를 잠시 돌아봤다. "이 영화가 좋다고, 도널드. 좋다는데 뭐 잘못된 거 있어?"

"전혀." 그가 말했다. 그러고는 영화가 끝날 때까지 말을 한마디도 걸지 않았다. 우리는 중고 트랙터 상점을 지나서 들판과 비행기가 있는 곳을 향해 어둠 속으로 들어갔다. 머지않아 비가 올 거 같았다.

극장에서 그가 이상하게 행동한 것에 대해 생각해보았다. "도널드, 자네가 일을 벌일 땐 뭔가 이유가 있어서 그런 거잖아?"

"때때로 그렇지."

"아까 그 영화는? 갑자기 그 영화는 왜 보자고 한 거야?"

"자네가 질문을 했잖아."

"그렇긴 하지. 답을 갖고 있나?"

"그게 내 대답이야. 우리가 영화를 보러 간 건 자네가 질문을 했기 때문이야. 그 영화가 당신 질문에 대한 답이었어."

그가 비웃고 있는 게 느껴졌다.

"내 질문이 뭐였지?"

고통스런 침묵이 길게 이어졌다. "리처드, 자네 질문은 자네 머리가 아주 잘 돌아갈 때 생각해봐도 우리가 왜 여기 있는지 도대체 이해할 수가 없다는 거였잖아."

기억이 났다. "그래서 그 영화가 내 질문에 대한 답이었군."

"그래."

"오―"

"자네는 아직 이해하지 못하고 있군." 그가 말했다.

"맞아."

"그건 좋은 영화였어. 하지만 세계 최고의 영화라 할지라도 여전히 환상은 환상이잖아. 그렇지 않나? 영화 자체는 움직이지도 않아. 움직이는 것처럼 보일 뿐이지. 어둠 속 저편에 설치한 평평한 스크린 위에 여러 가지 빛을 쏘아서 마치 움직이는 것처럼 보이게 만드는 거잖아?"

"음, 그렇지." 이제 이해가 가기 시작했다.

"무슨 영화가 됐든 사람들이 극장에 가는 이유는 뭘까? 모두 환상에 불과할 뿐인데?"

"즐기러 가는 거지." 내가 대답했다.

"재미. 좋아, 첫 번째 이유군."

"교육적일 수도 있지."

"훌륭해. 늘 그렇지. 배움. 두 번째 이유군."

"판타지. 도피."

"그것도 재미지. 첫 번째 이유."

"기술적 이유들. 영화가 어떤 식으로 만들어졌나 보려는."

"배움. 두 번째 이유."

"지루함에서 도피하기…."

"도피. 아까 말했지."

"사교. 친구들과 함께하려는." 내가 말했다.

"극장에 가는 이유에 해당하지만 영화를 보는 이유는 아니지. 어쨌든 재미. 첫 번째 이유."

내가 뭘 꺼내놓든 그의 손가락 두 개를 벗어나지 못했다. 즉, 사람들은 재미나 배움, 또는 두 가지 모두를 위해 영화를 본다.

"그리고 영화 한 편은 하나의 인생과도 같군, 도널드. 그렇지?"

"그래."

"그러면 누가 힘든 인생을, 그러니까 공포영화를 선택하려 하겠어?"

"사람들은 재미로 공포영화를 보러 오기도 하고 극장에 발을 들여놓을 때서야 공포영화가 되리라는 걸 알게 되기도 하지." 그가 말했다.

"그런데 그러는 이유는…?"

"공포영화 좋아해?"

"아니."

"공포영화를 본 적은 있어?"

"아니."

"하지만 어떤 사람들은 다른 사람들에게는 재미없고 지루한 멜로드라마나 공포영화 같은 것들에 엄청난 시간과 돈을 쏟아붓기도 하잖아…?" 도널드는 이 질문에 대한 답을 내가 하도록 남겨두었다.

"그렇지."

"자네가 그런 사람들의 영화를 봐야만 하는 건 아니잖아. 그리고 그들도 당신 영화를 봐야만 하는 건 아니고. 이걸 가리켜 '자유'라고 하는 거지."

"그런데 왜 어떤 사람들은 공포에 질리거나 지루함에 빠지고 싶어 하는 걸까?"

"누군가 다른 사람을 공포에 질리게 만든 거에 대한 벌로 자신도 그렇게 공포에 질려야 마땅하다고 여기는 사람들도 있고, 공포에 휩싸이며 흥분하는 걸 즐기는 사람들도 있고, 또 영화는 지루해야 한다고 믿는 사람들도 있는 거야. 무수한 사람들이 그럴듯한 이유를 대며 자신이 연출한 영화에서 자신을 무기력한 존재로 만들어놓고서는 그걸 마치 사실인 양 여기며 즐기고 있다는 걸 자네는 믿을 수 있겠나? 아니지, 믿지 못하겠지."

"그래, 믿지 못하겠어." 내가 대답했다.

"당신이 그걸 이해하기 전까지는 어떤 사람들이 불행한 이유에 대해 계속 궁금해질 거야. 그들이 불행한 이유는 불행을 선택했기 때문이야. 리처드, 그래도 아무런 문제가 없으니까!"

"음."

"우리는 게임을 즐기고 재미를 추구하는 생명들이야. 우주의 수달이지. 우리는 죽을 수 없는 존재야. 스스로를 해칠 수도 없어. 스크린 위의 환상들을 해칠 수 없는 것과 똑같아. 하지만 우리는 해를 입을 수 있다고 믿을 수는 있지—우리가 구체적으로 원하는 괴로움의 형태는 가지각색일 수 있겠지만. 우리는 자신이 희생자라고 믿을 수 있어—죽고 죽이면서, 불운과 행운 사이에서 전율하는 가운데 말이야."

"여러 생애 동안 말인가?" 내가 물었다.

"자네는 얼마나 많은 영화를 봤나?"

"아."

"이 행성에서의 삶에 대한 영화들도 있고 다른 행성들에서의 삶을 다루는 영화들도 있지. 시간과 공간이 있는 건 무엇이든 다 영화이고 무엇이든 다 환상이야." 그가 말했다. "하지만 우리는 잠시 환상을 통해서 아주 많은 걸 배울 수 있고 많은 재미를 느낄 수도 있어. 그렇지 않나?"

"영화 얘기를 얼마나 더 끌고 가려는 건가, 도널드?"

"자네는 얼마나 더 끌고 가고 싶은가? 자네가 오늘 저녁에 영화를 본 건 내가 보고 싶어 해서였지. 많은 사람들이 이런 삶을 택하는 건 함께하는 걸 즐기기 때문이야. 오늘 영화에 나온 배우들은 다른 영화에서도 함께 연기를 했어. 앞이냐 뒤냐 하는 건 자네가 어떤 영화를 먼저 보느냐에 달려 있어. 아니면 여러 스크린으로 동시에 볼 수도 있겠지. 우리는 이런 영화들을 보려고 입장권을 구입하는 거고. 시간이 실재하고 공간이 실재한다고 믿기로 하고 입장권을 구입하는 거야…. 어느 것도 사실이 아니지만 그러한 대가를 지불하지 않는 사람은 그 누구도 이 행성에, 그 어떤 시공간 시스템에도 나타날 수 없지."

"시공간에서의 삶을 전혀 살지 않는 사람들도 있나?"

"영화를 단 한 번도 보러 가지 않는 사람들이 있지 않나?"

"알겠군. 그들은 다른 방식으로 배워가는 거겠군."

"맞았어." 그는 내 말에 기뻐했다. "시공간은 상당히 원시적인 학교야. 하지만 아주 많은 사람들이 시공간이라는 환상에 머물러 있지. 그게 따분한 것인데도 말이야. 불이 일찍 켜지는 것도 바라지 않지."

"영화 각본은 누가 쓰는 건가?"

"다른 사람이 아니라 우리 자신에게 물어만 봐도 우리가 상당히 많이 알고 있다는 걸 알 수 있는데, 그게 묘하지 않나? 이런 영화들의 각본은 누가 쓰나, 리처드?"

"우리가 쓰지." 내가 답했다.

"누가 연기하나?"

"우리지."

"카메라맨, 영사기사, 극장 지배인, 검표원, 배급업자는 누군가? 그리고 이 모든 걸 지켜보는 건 누군가? 중간에 아무 때나 자유롭게 걸어 나가는 사람은 누구지? 아무 때나 줄거리를 바꾸는 사람은? 똑같은 영화를 자유롭게 마음껏 보고 또 보는 사람은 누군가?"

"생각할 시간 좀 줘봐." 내가 말했다. "그렇게 하길 원하는 사람은 누구냐?"

"자네는 그 정도 자유로 충분한가?" 그가 물었다.

"그래서 사람들한테 영화가 그렇게 인기 있는 건가? 영화가 우리 자신의 삶과 평행선을 그리고 있다는 사실을 본능적으로 알고 있기 때문에?"

"그럴 수도 있고… 아닐 수도 있고. 그건 그리 중요하지 않아, 그렇지? 영사기는 뭘까?"

"정신." 내가 대답했다. "아니, 상상력. 자네가 뭐라 하든 영사기는 우리의 상상력이야."

"필름은 뭔가?" 그가 물었다.

"꿈이네."

"우리가 상상 속으로 집어넣기로 동의한 것들은 뭐든 해당하는 거 아닐까?"

"그런 거 같아, 도널드."

"자네는 영화 필름 하나를 통째로 손아귀에 넣을 수 있지." 그가 말했다. "그 필름은 모두 마무리되고 완성된 거야. 시작, 중간, 종결 부분 모두가 지금 이 한순간 속에, 백만 분의 일 초 속에 들어 있어. 필름은 자신이 기록했던 시간을 넘어서도 존재하지. 그리고 그게 어떤 영화인지 자네가 알고 있다면 극장에 들어가기 전에 이미 어떤 내용이 전개될지 대체로 알고 있는 거잖아. 즉, 전투 장면과 신나는 내용이 있는지, 승자와 패자가 누구인지, 어떤 로맨스나 재앙을 보여주는지, 무엇이 벌어질지 이런 모든 걸 알고서 극장에 들어가지. 하지만 영화에 최대한 빠져들기 위해서는, 영화를 최대한 즐기기 위해서는 필름을 영사기에 걸어놓고 필름이 영사기 렌즈를 순서대로 통과하며 조금씩 보여주게 해야 하는 거잖아…. 어떤 환상이 됐든 그걸 체험하기 위해서는 시간과 공간이 필요해. 그래서 자신의 돈을 지불하고 입장권을 받아 들어가서 자리 잡은 다음에는 극장 밖에서 벌어지는 일들에 대해서는 잊어버리는 거야. 그러면 영화는 자네를 위해 시작되겠지."

"그럼 그 누구도 정말 해코지당하는 사람이 없다는 말인가? 그저 토마토소스이지 진짜 피가 아니란 말씀?"

"아니, 그건 피가 맞아." 그가 말했다. "하지만 실제 우리의 삶에 미치는 영향은 토마토소스 정도라는 거야…."

"그럼 실재란 건 뭘 말하는 건가?"

"**실재**는 신성하게 무심해, 리처드. 아이가 놀이를 할 때 어떤 역할을 맡든지 엄마는 전혀 신경 쓰지 않잖아. 어느 날은 나쁜 놈 역할도 했다가 또 어떤 날은 좋은 놈 역할도 하고 그러잖아. **현존**은 우리의 환상이나 놀이에 대해 전혀 몰라. 현존은 오로지 현존 자신을 알고 있을 뿐이야. 그리고 현존 자신을 닮은 완벽하고 완성된 존재로서의 우리를 알고 있을 따름이지."

"내가 완벽하고 완성된 존재이길 바라는지 나도 모르겠군. 따분하기 짝이 없을 거 같거든…."

"하늘을 좀 봐." 그가 말했다. 너무 갑작스레 주제를 바꿔서 나도 얼떨결에 하늘을 바라봤다. 하늘 높이 약간의 새털구름이 흩어져 떠 있었고 달빛의 가장자리는 은빛으로 반짝이고 있었다.

"아름다운 하늘이군." 내가 말했다.

"완벽한 하늘인가?"

"음, 언제나 완벽한 하늘이지, 도널드."

"하늘이 매 순간 바뀌고 있더라도 언제나 완벽하다는 얘기인가?"

"으, 제발 날 무시하지 마. 물론 완벽하지!"

"그리고 바다는 언제나 완벽한 바다이고. 마찬가지로 늘 바뀌고 있다 하더라도 말이야." 그가 말했다. "만약 완벽하다는 게 정체해 있는 걸 의미한다면 하늘나라는 그야말로 늪지대겠지! 하지만 **현존**은 결코 늪구덩이 같은 존재가 아니야."

"**현존**은 결코 늪 구덩이 같은 존재가 아니야." 나는 무심코 따라했다. "완벽하면서도 언제나 변화하고 있는…. 그래. 그 주장을 받아들이지."

"자네는 오래전에 그 주장을 받아들였어. 굳이 자네가 시간을 따진다면 말이야."

우리는 함께 걷고 있었다. 나는 그를 돌아봤다. "자네한테는 따분하지 않나, 도널드? 이런 일차원 세계에 계속 남아 있는다는 게?"

"오. 내가 이런 일차원 세계에 계속 남아 있다?" 그가 반문했다. "정말?"

"나는 왜 하는 말마다 틀리는 건가?"

"자네가 하는 말마다 틀리다고?" 그가 또 반문했다.

"내가 발을 잘못 들여놨다는 생각이 드는군."

"부동산으로 바꿔보려고?" 그가 물었다.

"부동산이나 보험으로."

"부동산에 미래가 있지. 자네가 그런 걸 바란다면."

"알았어. 미안." 내가 말했다. "난 미래도 바라지 않고 과거도 바라지 않아. 난 가급적 빨리 **환상 세계**의 훌륭하고 노숙한 스승이 되고 싶거든. 다음 주쯤 그리 되지 않을까?"

"음, 리처드, **그렇게 오래 걸리지 않았으면 좋겠는데!**"

그의 얼굴을 살펴봤는데 웃음기는 보이지 않았다.

9

하루 또 하루 흘러가며 희미하게 사라져 갔다. 우리는 늘 그랬듯이 이러저리 날아다녔지만 나는 거쳐 간 마을들 이름이나 승객한테서 번 돈을 세는 것으로 여름날을 보내는 행동을 더 이상 하지 않았다. 내가 배운 내용과 우리가 비행 일을 마친 후 나눴던 대화 그리고 이따금 일어났던 기적으로 여름날을 헤아리기 시작했다. 니외 여름날은 그런 일들이 기적이 아니라는 사실을 마침내 알아가는 과정이기도 했다.

상상하라,

　　　우주가 아름답고

　　　　정의로우며

　　　　　완벽하다고.

이렇게《메시아 지침서》는 말하고 있었다.

아울러 한 가지 명심하라—
현존은 그대보다 훨씬
　　　　더 훌륭하게 우주를
상상해왔다는
　　사실을.

10

 그날 오후는 고요했다…, 이따금 승객들이 오갔을 뿐. 그래서 나는 시간 나는 대로 구름 지우기를 실습했다.

 비행 교관을 했던 경험이 있기 때문에 나는 학생들이 쉬운 일을 언제나 어렵게 만든다는 사실을 알고 있다. 지금이야 물론 더 잘 알고 있지만 그날 나는 다시 학생이 되어서 목표로 삼은 뭉게구름을 노려보며 눈살을 심하게 찌푸리고 있었다. 이번만은 실습보다 가르침이 더 필요했다. 쉬모다는 플리트 날개 밑에 대자로 누워서는 자는 척하고 있었다. 나는 발로 그의 팔을 툭툭 건드렸다. 그가 눈을 떴다.

"못하겠어." 내가 말했다.

"아니, 할 수 있어." 그는 이렇게 말하고는 다시 눈을 감았다.

"도널드, 해봤다니까! 뭔가 일어날 일을 상상하자마자 구름이 반격해오면서 전보다 더 크게 부풀어 오른다니까."

그가 한숨을 내쉬며 일어나 앉았다. "구름을 하나 찍어봐. 쉬운 걸로, 제발."

나는 하늘에 떠 있는 구름 중에서 가장 크고 끝내주는 걸 골랐다. 세로 길이가 족히 1천 미터는 되어 보였고 지옥에서 달려온 듯 하얀 연기를 마구 뿜어내고 있었다. "저 사일로 위에 있는 거. 저기." 내가 말했다. "이제 막 새카매지고 있는 저 물건."

그가 아무 말 않고 나를 쳐다봤다. "왜 나를 미워하는 거야?"

"이런 걸 요청하는 건 도널드 당신을 좋아하기 때문이야." 나는 미소를 지었다. "자네에겐 도전할 만한 게 필요하거든. 음, 자네가 진정 그렇다면 좀 더 작은 걸로 골라볼까….”

그가 한숨을 내쉬더니 하늘을 다시 쳐다봤다. "해보지. 자, 어느 거?"

내가 쳐다봤을 때 아까 그 구름, 수백만 톤의 빗물을 머금은 그 괴물은 사라지고 없었다. 그게 있던 자리엔 울퉁불퉁한 파란 구멍이 나 있었다.

"이크!" 나는 비명을 삼켰다.

"도전해볼 만한 일이라…." 그가 내 말을 따라했다. "아니, 리처드. 자네가 내게 보낼 찬사를 받아들이고 싶은 마음도 있지만 꼭 그만큼 솔직하고 알려주고 싶은 게 하나 있어. 뭐냐면, 이건 쉽다는 사실."

그가 상공에 걸려 있는 작은 구름을 가리켰다. "저거. 자네 차례야. 준비, 시작!"

내가 그 작은 조각을 쳐다보니 그것도 나를 쳐다봤다. 그게 사라진 걸 상상하고 그게 있던 자리가 비어 있는 것도 상상하고 그걸 향해 적외선을 쏘아대는 장면도 생생하게 떠올리고 그러다가 어디론가 다른 곳으로 옮겨가달라고 부탁도 하니 아주 천천히 천천히 1분, 5분, 7분이 지나

자 마침내 구름이 사라졌다. 다른 구름들은 더 커졌지만 내 구름은 어디론가 사라졌다.

"그다지 빠르진 못하군." 그가 말했다.

"처음 해본 거잖나! 이제 시작이라고! 불가능한 걸 힘겹게 해낸…, 아니, 될 법하지 않은 것에 도전해서 해낸 건데 자네는 겨우 한다는 말이 내가 그다지 빠르지 못하다고? 멋지게 해냈다는 걸 잘 알면서!"

"놀라워. 아까 보니 엄청나게 집착하던데, 구름은 자네를 위해 사라져 준 거야."

"집착이라고! 그놈의 구름을 치워 버리려고 내가 가진 모든 걸 동원했거든! 불덩이, 레이저 광선, 집채만 한 진공청소기…."

"부정적인 집착들이야, 리처드. 당신의 삶에서 어떤 구름을 정말 없애고 싶다면 거기서 뭔가 큰 걸 만들어내지 말고 그저 편안히 긴장을 풀고 당신 생각에서 그걸 없애도록 해봐. 그게 전부야."

구름은 모른다,
자신이 왜 그런 방향으로 움직이는지
왜 그런 속도로 움직이고
있는지.

이렇게 《메시아지침서》는 말하고 있었다.

구름은 막연한 충동을 느낀다… 이곳이
        지금 가야 할 곳이라고.
          하지만 하늘은 알고 있다,
모든 구름의 배후에 있는
  이유와 패턴 들을. 그리고
    그대 역시 알게 되리라,
      그대 자신을 넉넉히 들어 올려
    저 수평선 너머를
    바라볼
        때.

11

그대에게
어떤 소망이 주어질 때
그 소망을 이루어낼 힘 역시
반드시 함께 주어진다.

하지만
그 소망을 이루기 위해서는
그대
수고해야 할 수도
있다.

우리가 착튝한 곳은 1민2친 평방미터에 달하는 말 연못을 옆에 끼고 있는 거대한 방목장이었다. 마을이 있는 곳에서 멀리 떨어진 곳인데 일리노이와 인디아나 사이의 어디쯤이었다. 승객은 보이지 않았다. 오늘은 우리가 쉬는 날이라는 생각이 들었다.

"들어봐." 그가 말했다. "아니, 듣지 말고 거기 앉아서 지켜보기만 해봐. 자네가 지금 목격하는 건 전혀 기적이 아니야. 원자물리학 책을 읽어보라고… 어린아이라도 물 위를 걸을 수 있어."

이 말을 하고 나서 그는 말 연못에 물이 있다는 사실을 알지 못한다는 듯이 그 기슭에서 몇 미터 걸어 들어가더니 연못의 수면 위에 올라가 섰다. 이 광경은 마치 연못이 뜨거운 여름날 돌로 된 호수 위의 신기루인 양 보이게 만들었다. 그는 연못 수면 위에 단단히 서 있었는데 그의 비행 부츠 주위에는 물결 하나 일렁이지 않았고 물방울도 하나 튀어 오르지 않았다.

"자, 이리 와서 자네도 해보라고." 그가 말했다.

나는 이 광경을 두 눈으로 똑바로 보았다. 분명 가능한 일이다. 거기에 그가 서 있으니까. 나도 걸어 들어가 합류했다. 맑고 푸른 리놀륨 위를 걸어 다니는 느낌이었다. 나는 웃음이 나왔다.

"도널드, 나한테 뭘 한 거야?"

"누구나 머지않아 배우게 될 걸 그저 보여주고 있을 뿐이야." 그가 말했다. "지금은 자네가 가까이 있을 따름이지."

"하지만 난…."

"자, 보라고. 물은 고체가 될 수 있어." 그가 발을 굴렀는데 바위에 가죽이 부딪히는 소리가 났다. "아닐 수도 있고." 그가 다시 발을 굴렀는데 물방울이 우리 둘에게 튀어 올랐다. "뭔가 느낌이 오나? 한번 해보게."

우리가 얼마나 빨리 기적에 익숙해졌던지! 나는 1분도 채 되지 않아 물 위를 걷는 게 가능하고 자연스럽다는 생각이 들기 시작했다. …그래서 어쩌라고?

"하지만 물이 이렇게 고체가 되어 버렸으니 어떻게 마시지?"

"우리가 물 위를 걷는 방식과 똑같아, 리처드. 이건 고체가 아니야. 액체도 아니고. 이게 우리에게 뭐가 될지는 당신과 내가 결정하는 거야. 자네가 물이 액체가 되길 바란다면 액체라고 생각하고 물이 액체인 양 행동하면서 그걸 마시도록 해. 물이 공기가 되길 바란다면 물이 공기인 양 행동하면서 물을 공기처럼 들이마셔. 한번 시도해 보게."

 아마도 이건 상급반 영혼이 함께 현존할 때 가능한 일이라는 생각이 들었다. 아마도 이런 일들은 특정한 반경 내에서, 어쩌면 그를 둘러싼 반경 15미터 내에서 일어날 수 있으리라….

 나는 연못 위에서 무릎을 꿇고 손을 살짝 담가 보았다. 액체다. 나는 엎드려서 푸른색 연못에 얼굴을 들이밀고 숨을 쉬어봤다—믿음을 갖고서. 따뜻한 액체산소처럼 숨이 쉬어졌고 질식되거나 숨이 턱하고 막혀오지는 않았다. 나는 일어나 앉아서 그가 내 마음을 읽으리라 기대하며 눈으로 질문을 던졌다.

 "말로 하게." 그가 말했다.

 "왜 말로 꼭 해야 하나?"

 "전달해야 할 얘기는 말로 표현해야 더 정확하니까. 말해 보게."

 "우리가 물 위를 걸을 수 있고 들이쉬고 내쉬고 또 마실 수 있다면 땅에 대해서도 똑같이 하지 못할 이유가 있을까?"

"맞아. 훌륭하군. 자, 보시길…."

그는 진짜가 아닌 그림으로 그린 듯이 보이는 호수를 걸어가서 쉽사리 기슭에 가 닿았다. 하지만 그의 발이 기슭 가장자리의 땅과 모래와 풀에 가닿게 되자 그가 가라앉기 시작했다. 천천히 몇 걸음 더 걷자 그의 어깨는 땅과 풀 높이까지 내려갔다. 연못은 갑자기 섬처럼 보였고 땅은 이제 막 바다로 바뀐 것 같았다. 그는 목초지에서 잠시 헤엄을 쳤다. 진득한 검은 흙들이 튀어 오르게 하며 떠다니다가 다시 목초지 위로 올라와서 걸어 다녔다. 사람이 땅 위를 걸어 다닌다는 게 갑자기 기적처럼 보였다!

나는 연못 위에 서서 그의 공연에 박수를 보냈다. 그는 허리를 굽혀 절을 하더니 내가 진행할 공연에 대해서도 격려의 박수를 보냈다.

나는 연못 가장자리로 걸어가서 땅이 액체라고 생각하면서 발끝으로 건드려 보았다. 액체 방울들이 소리를 내며 풀밭 속으로 퍼져갔다. 이 땅의 깊이는 얼마니 될까? 이 질문을 거의 입 밖으로 낼 뻔했다. 땅은 내가 생각하는 만큼 깊을 것이다. 두 자 정도라고 생각했으니 두 자 깊이일 것이다. 나는 헤쳐가며 걸어보려고 한다.

나는 자신감을 갖고 기슭으로 걸어 들어갔는데 머리 위까지 잠겼다. 순식간이었다. 시커먼 지하 속에서 무서워졌다. 나는 땅 위로 올라오려고 무지하게 애를 썼다. 숨을 참으면서 고체 연못을 향해 허우적거렸다. 연못 끝자락이라도 붙잡고 싶었다.

그는 풀밭 위에 앉아서 웃고 있었다.

"자네는 주목할 만한 학생이군. 알고 있나?"

"난 학생 아니라니까! 어서 좀 꺼내 줘!"

"자네 힘으로 나오게."

나는 애쓰는 걸 그만뒀다. 내가 이걸 고체로 여기면 바로 올라올 수 있다. 나는 이걸 고체로 본다… 그리고 나는 올라왔다―검은 흙을 케이크처럼 두껍게 뒤집어쓰고서.

"이봐, 정말 지저분하군!"

그의 푸른색 셔츠와 청바지는 얼룩이나 티끌 하나 없었다.

"으으으으!" 나는 머리에서 흙을 털어냈고 귓구멍에서 흙을 파냈다. 그리고 지갑을 풀밭 위에 올려놓고 액체 연못으로 들어가서는 전통적인 방식으로 몸을 씻었다.

"깨끗이 하는 데는 이보다 나은 방식이 있다는 건 알지만."

"그렇지, 훨씬 빠른 방법이 있지."

"말해줄 필요 없어, 그저 거기 앉아서 웃기나 하게. 내가 혼자서 알아내게 내버려 두라고."

"알았네."

나는 결국 질척거리며 플리트로 가서 옷을 갈아입고 젖은 옷들을 플라잉 와이어에 널었다.

"리처드, 오늘 자네가 해냈던 일들을 잊지 말게. 우리는 앎을 지녔던 시절들을 쉽사리 잊어버리고 그걸 꿈으로 여기거나 옛날 옛적의 기적으로 간주하기 쉽지. 좋은 것은 그 어떤 것도 기적이 아니고, 사랑스러운 것은 그 어떤 것도 꿈이 아니야."

"세상은 꿈이라고 자네가 말하잖아. 그런데 때때로 세상은 사랑스러워. 석양. 구름. 하늘."

"그렇지 않아. 그런 이미지는 꿈이야. 아름다움이 실재하는 거야. 그 차이를 알 수 있겠어?"

나는 고개를 끄덕였다. 거의 알 것 같았다. 나중에 지침서를 슬며시 펴보았다.

세상은

　그대의 연습장이다. 그대는

　　여기에다 계산을 해볼 수 있다.

　세상은 실재가 아니다.

　　　　　하지만 그대가 원한다면 세상에다

실재를 표현해볼 수 있다.

　　　　　그대는 또한 자유롭게

　헛소리나 거짓말을 써볼 수도 있고

　　연습장의 일부를 찢어버릴

　　　　　　수도 있다.

12

　　원죄는
현존을 제약하는
　　　일이다.

　　　그러지 말라.

소나기가 오가는 사이로 따뜻하고 편안한 오후가 찾아왔다. 마을에서 돌아오는 길이 젖어 있었다.
"도널드, 자네는 벽을 걸어서 통과할 수 있지?"
"아니."

"자네가 뭔가에 대해 '아니'라고 답할 때 그게 사실은 '그래'라는 걸 난 알아. 내가 질문을 표현하는 방식이 자네 마음에 들지 않을 때 그렇게 대답하는 거잖아."

"우리 같은 이들은 참 예민해, 그렇지 않나?" 그가 말했다.

"'걷기'나 '벽'이 문제인가?"

"맞아. 그런데 더 심각한 문제가 있어. 자네 질문은 우리가 하나의 제한된 시간-장소에 존재하면서 또 다른 시간-장소로 옮겨간다는 가정을 하고 있는 거잖아. 오늘은 자네가 나에 대해 가정하고 있는 것들을 그대로 받아들일 기분이 아니군."

나는 미간을 찌푸렸다. 그는 내가 묻고 있는 게 무엇인지 알고 있었다. 그는 왜 먼저 간단히 답을 해준 다음 자신의 방식들을 내가 알아가게끔 해주지 않는 걸까?

"내 의도는 자네가 정확하게 생각하게끔 조금이나마 도와주려는 기네." 그기 부드럽게 말했다.

"알았어. 자네는 자신이 벽을 걸어서 통과하는 것처럼 보이게 만들 수 있지. 자네가 원한다면 말이야. 질문이 좀 개선됐나?"

"그래. 더 낫군. 그런데 그 질문이 정확하길 바란다면…."

"말하지 말고 있어 봐. 내 생각을 정확하게 말하는 법을 나도 알고 있으니까. 자, 질문해볼게. 자네가 '몸'이라고 하는 시공 연속체에 대한 믿음으로 표현되는 제한된 정체감이라는 환상을 움직여서 우리가 '벽'이라고 부르는 물질적 제약이라는 환상을 통과할 수 있냐고 질문하면 어떤가?"

"잘했어! 그렇게 적절하게 질문하면 답은 저절로 나오게 되지. 그렇지 않나?"

"아니. 질문 자체는 답을 못하지. 자네는 벽을 어떻게 걸어서 통과하나?"

"**리처드**! 거의 제대로 했는데 산통을 깨는군! 나는 벽을 걸어서 통과할 수 없어…, 자네가 그런 식으로 말할 때 자네는 내가 전혀 가정하고 있지 않은 것들을 가정하고 있는 거야. 그리고 내가 그런 것들을 가정한다면 그 대답은 '나는 못 해.'가 되는 거고."

"그렇지만 모든 걸 그렇게 정확하게 말하는 건 너무 힘들잖아, 도널드. 내 말 이해하지?"

"그저 뭔가가 힘들다는 이유로 그렇게 하지 않으시겠다? 걷는 것도 처음엔 어려운 일이지. 하지만 자네는 계속 연습했고 이젠 걷는 게 쉬워 보이게 되었잖아."

난 한숨이 나왔다. "그래. 알았어. 내가 한 질문은 잊어버리라고."

"난 잊어버릴 거야. 내 질문은 '자네가 잊을 수 있느냐?' 하는 거지." 그는 세상에서 하나도 걱정할 게 없는 사람처럼 나를 바라봤다.

"그러니까 자네 말은 몸은 환상이고 벽도 환상이지만 정체성은 실재하는 것이고 환상들은 정체성을 가둬둘 수 없다는 얘기잖아."

"난 그렇게 말하지 않았어. 자네가 그렇게 말하고 있지."

"어쨌든 진실이잖아."

"당연하지."

"자네는 그걸 어떤 식으로 하는 거야?"

"리처드, 뭘 하는 게 아니야. 이미 그렇게 되어 있다고 여기라고. 그럼 그렇게 되어 있는 거야."

"와, 그것 참 쉬워 보이는군."

"걷는 거나 같은 얘기야. 걷는 걸 배우는 게 그렇게 어려웠던 적이 있었나 하는 의문이 당신도 들잖아."

"도널드, 벽을 걸어서 통과하는 게 지금 나한테 어려운 일이 아니야. 불가능한 일이지."

"자네는 지금 자꾸만 '불가능해'라고 일천 번 정도 얘기하면 어려운 일이 어느 날 갑자기 쉬운 일이 될 거라고 생각하고 있는 건가?"

"미안하군. 그건 가능해. 내가 그걸 해볼 여건이 갖춰지면 해볼게."

"오, 사람들이여, 물 위를 걸었던 사람이 벽을 걸어서 통과할 수 없다고 기가 꺾여 있다니."

"그건 쉬웠어. 하지만 이건…."

"당신의 한계를 주장해봐. 그럼 그런 한계들을 계속해서 지니게 될 테니까." 그가 읊어댔다. "자네는 불과 며칠 전에 땅에서 헤엄치지 않았나?"

"그랬지."

"'벽'은 그저 수직으로 된 땅 아닌가? 환상이 어떤 방향으로 놓여 있는지가 당신한테는 그렇게 중요해? 수평으로 된 환상은 정복 가능하지만 수직으로 된 환상은 정복 불가능한가?"

"자네 말을 이제 이해할 거 같아, 도널드."

그가 나를 보며 미소를 지었다. "자네가 내 말을 이해했을 때는 잠시 혼자 놔둬야 할 시간이기도 하지."

마을의 마지막 큰 건물은 사료와 곡식을 저장하는 창고였는데 오렌지 벽돌로 지어져 있었다. 그는 다른 방식으로 비행기를 세워 둔 곳에 가려고 마음먹은 듯 으슥한 샛길로 내려갔다. 그가 택한 지름길은 벽돌로 된 벽을 통과하는 것이었다. 그는 갑자기 오른쪽으로 방향을 틀어서 벽 속으로 들어가더니 곧 사라졌다. 지금 생각해보면 그때 내가 그와 함께 동시에 방향을 틀었다면 나도 벽을 통과할 수 있었을 것이다. 하지만 나는 인도 위에 멈추어 서서 그가 있던 자리를 바라만 봤다. 손을 내밀어 벽돌을 밀쳐보니 딱딱한 벽돌이었다.

"언젠가는, 도널드. 언젠가는…." 나는 중얼거리며 비행기 있는 곳을 향해 혼자서 기나긴 길을 돌아갔다.

* * *

"도널드." 들판에 도착해서 내가 말했다. "자네가 정말 이 세상에 살고 있지 않다는 결론을 내렸어."

그는 비행기 날개 위에서 놀라서 쳐다봤다. 그는 거기서 탱크에 기름을 채우는 걸 배우고 있었다. "물론 그렇지. 이 세상에 살고 있는 사람을 한 명이라도 말해볼 수 있나?"

"무슨 뜻이야? 이 세상에 살고 있는 사람을 한 명이라도 말해 보라고? 여기 내가 있잖아! 나는 이 세상에 살고 있어!"

"좋았어." 그는 내가 자율학습을 통해 어떤 숨겨진 수수께끼를 밝혀냈다는 듯이 말했다. "오늘 점심은 내가 살 테니 잊지 말고 얘기하게…. 끝없이 배움을 추구하는 게 놀랍군."

나는 어리둥절해졌다. 그는 빈정거리거나 비꼬고 있는 게 아니었다. 그의 말에는 진심이 담겨 있었다. "무슨 뜻이야? 분명 나는 이 세상에 살고 있어. 나와 수십억 명의 사람들이 함께 살고 있지. 그리고 자네는…."

"오, 하느님 맙소사. 리처드! 진심이었군! 점심 산다는 거 취소야. 햄버거도 몰트도 모두 다 취소! 나는 자네가 중요한 걸 깨달았다고 생각했거든." 그는 말을 멈추고선 분노와 연민이 뒤섞인 표정으로 나를 내려다봤다. "그걸 굳게 믿고 있군. 자네가 그들과 같은 세상에 살고 있다고 믿나? …말하자면 주식중개인 같은 사람들하고 함께 살고 있나? 그렇다면 아마도 증권거래위원회의 새로운 정책, 그러니까 주주들이 50% 이상 투자손실을 입었을 때 포트폴리오에 대해 강제 조사하는 규정 때문에 당신 삶이 엎어지고 뒤죽박죽이 되었겠군. 체스 선수들과 똑같은 세상에 살고 있다는 얘기인가? 이번 주 개최되는 뉴욕 오픈 대회에서 5억 원의 상금을 놓고 페트로시안과 피셔와 브라운 같은 선수들이 맨해튼으로 몰려올 텐데 자네는 오하이오의 메이트랜드 목초지에서 지금 뭘 하고 있는 건가? 자네는 지금 1929년형 플리트 복엽기로 어떤 농장에 착륙해서는 농장주의 허락을 얻는 게 삶의 주요한 우선순위이고

10분 동안 사람들을 태워주는 일을 하면서 키너 항공엔진을 유지보수하는 작업을 하고 우박을 동반한 폭풍이 몰아치면 죽을 것 같은 공포를 느끼곤 하잖아…. 얼마나 많은 사람들이 당신 세계에 살고 있다고 생각하나? **수십억** 명이 당신 세계에 살고 있다고 했지? 자네는 바로 지금 그 땅에 발을 딛고 서 있으면서도 수십억의 사람들이 수십억의 분리된 세계들에 살고 있는 게 아니라고 말하고 있는 건가? 그리고 그걸 나한테 이해시키려고 하는 건가?" 그는 빠른 속도로 말을 해서 숨을 헐떡였다.

"치즈 얹은 햄버거가 아쉽기 짝이 없구먼…." 내가 말했다.

"미안하군. 한 턱 쏠 수 있었으면 나도 무척 기뻤을 거야. 하지만, 아, 이젠 다 끝난 얘기야. 잊어버리자고."

그가 이 세상에 살고 있지 않다는 혐의를 거는 건 이때가 마지막이었지만 《메시아 지침서》에 적힌 말을 이해하는 데는 오랜 시간이 걸렸다.

　　　　만약
그대가 잠시
　허구적 인물처럼 살아보는 걸
　실습해본다면,
소설에 등장하는 허구적인 인물들이 때로는
　　　　피와 살을 가진 사람들보다 더
　　　생생할 수 있음을 이해하게
　　　　　　되리라.

13

그대의
양심은 그대가
자신의 이기심에 대하여
얼마나 정직한가를 보여준다.

그대의 양심에 주의 깊게
귀를 기울여라.

"우리는 누구나 자신이 원하는 게 무엇이든 그걸 할 자유가 있다네." 그날 밤 그가 말했다. "단순하고 깔끔하고 명료하지 않은가? 하나의 우주를 운영할 만한 위대한 방침 아닌가?"

"거의 그렇다고 할 수 있기는 한데 한 가지 아주 중요한 걸 빠트렸군." 내가 말했다.

"그런가?"

"우리는 누구나 자신이 원하는 걸 할 자유가 있어. 단, 누군가를 해치지 않는 한도 내에서 그렇지." 내가 꾸짖듯 말했다. "자네가 이런 취지로 얘기했다는 걸 나도 알고는 있어. 하지만 자네가 진정 의미하는 바를 정확히 표현해야 하는 거잖아."

갑자기 어둠 속에서 발을 질질 끄는 소리가 들려왔다. 나는 재빨리 도널드를 바라봤다. "자네도 저 소리 들었어?"

"응. 누군지 사람 소리 같은데…." 그가 일어나서 어둠 속으로 걸어갔다. 그가 갑자기 웃더니 알아들을 수 없는 이름을 말했다. "좋아요." 그가 하는 말이 들렸다. "아뇨, 당신이 와줘서 기뻐요… 서 있지 마시고… 이리 오세요. 진심으로 환영합니다…."

아주 심한 억양의 목소리가 들려왔는데 러시아도 아니고 체코도 아니고 트란실바니아 억양에 더 가까웠다. "꼬맙습니다. 저녁에 폐를 끼치고 싶지는 않습니다만…."

도널드는 그 남자를 모닥불가로 데려왔다. 중서부 지역에서 그것도 야밤에 마주치기 힘든 차림새였다. 키가 작고 마른 체형에 늑대처럼 보이는 무시무시한 인상이었다. 야회복을 입고 붉은 공단으로 안감을 댄 검은 망토를 걸치고 있었다. 그는 불빛 속에 머무는 게 불편해 보였다.

"여길 지나는 낄이었습니다." 그가 말했다. "이 들빤이 우리 집으로 가는 지름낄이거든요…."

"그래요?" 쉬모다는 이 남자의 말을 믿지 않고 있었다. 그가 거짓말하는 걸 알고 있었고 지금 웃음이 터져 나오는 걸 참으려고 엄청 애를 쓰고 있었다. 나는 가급적 빨리 이 사태를 이해하고 싶었다.

"편히 계세요." 내가 말했다. "우리가 도와드릴 게 있을까요?" 그다지 그를 돕고 싶은 마음은 없었으나 그가 너무 움츠리고 있어서 그를 좀 편안하게 해주고 싶었다.

그는 나를 바라보며 간절한 미소를 띠었는데 나는 오싹한 느낌이 들었다.

"네, 저를 도와쭈실 수 있어요. 저는 이게 꽤 절썰하거든요. 그렇지 않으면 부딱드리지도 않습니다. 당신의 피를 마셔도 될까요? 약간이면 됩니다. 그게 제 음씩이거든요. 저는 인간의 피가 필요합니다…."

액센트 때문일 수도 있고 그가 영어를 잘히지 못했거나 내가 잘못 이해했을 수도 있겠지만 어쨌든 나는 평상시보다 훨씬 재빠르게 벌떡 일어났다. 그 바람에 건초가 휘날리며 모닥불 속으로 날아갔다.

그 남자는 뒷걸음질을 쳤다. 나는 대체로 누군가를 해치는 사람이 아니지만 작은 키는 아니라서 위협적으로 보일 수는 있다. 그가 고개를 돌렸다. "선생님, 죄쏭합니다! 죄쏭합니다! 제가 피에 대해 말씀드린 건 모두 잊어쭈십시오. 하지만 당신도 알다씨피…."

"도대체 무슨 말을 하고 있는 거요?" 나는 더욱 격해졌는데 그건 겁이 났기 때문이다. "무슨 엿 같은 말을 하는 거요, 형씨? 당신 정체를 모르겠군. 혹시 뱀파—?"

내가 그 말을 모두 내뱉기 전에 쉬모다가 나를 멈추었다. "리처드, 우리 손님이 얘기하고 있는데 당신이 말을 잘랐어. 계속해보세요, 선생님. 제 친구가 성미가 좀 급하긴 합니다."

"도널드." 내가 말했다. "이 친구는…."

"조용히 있게!"

쉬모다 말에 놀라 나는 입을 다물었지만 이 남자에 대하여 무척 무서운 의문이 올라왔다. 우리가 있는 불빛 속으로 그가 뿜어내는 어두운 기운에서 주의를 돌릴 수 없었다.

"부디 이해해 쭈시기 바랍니다. 뱀파이어로 태어난 걸 쩨가 선택한 게 아니거든요. 운이 없었던 거죠. 친구가 그리 많지 않아요. 하지만 저는 매일 밤 신선한 피를 약간씩 마셔야만 해요. 그렇지 않으면 끔찍한 고똥 속에 몸부림을 쳐야 하고 끝내는 죽을 쑤밖에 없거든요! 제발 부딱드립니다. 당신의 피를 빨게 허락해주지 않으씨면 저는 커다란 따격을 받게 되고 죽게 될 겁니다… 아주 약간이면 됩니다, 선생님. 500씨씨면 쭝분하거든요." 그가 입술을 핥으며 내 앞으로 한 발자국 다가왔다. 그는 쉬모다가 어떤 식으로든 나를 통제해서 복종시킬 거라고 생각하고 있었다.

"한 발자국 더 다가오면 피를 볼 거야. 그래. 형씨, 날 건드리기만 하면 당신은 죽음이야…" 그를 실제로 죽일 생각은 없었지만 최소한 묶어 놓고 나서 대화를 계속해도 할 심정이었다.

그는 내 말을 그대로 믿은 것 같았다. 그는 행동을 멈추고서 한숨을 쉬었다. 쉬모다를 향해 몸을 돌렸다. "당신의 목표대로 다 된 걸까요?"

"그래요. 고마워요."

뱀파이어가 나를 쳐다보면서 미소를 지었다. 아주 편안하고 무척이나 즐거워 보였다. 공연이 끝난 뒤에 인사하러 무대에 다시 나온 배우 같았다. "난 당신 피를 마시지 않을 겁니다, 리처드." 그가 완벽하고 친근한 영어를 구사하며 말했다. 액센트도 전혀 없었다. 마치 스스로 자신의 빛을 꺼트리듯 그의 모습이 서서히 희미해져 갔다…. 불과 몇 초 사이에 그는 사라져버렸다.

쉬모다가 다시 불가에 앉았다. "자네가 말하던 대로 행동하지 않아서 무척 기쁘군!"

나는 아드레날린의 영향으로 여전히 부들부들 떨고 있었다. 괴물이 나타나도 기꺼이 싸울 태세를 갖추고 있었다. "도널드, 어떻게 돌아가는 상황인지 모르겠군. 도대체 무슨 일이 벌어진 건지 얘기해주면 좋겠어. 그러니까 그…그게 뭐였지?"

"그 남자는 뜨론질와니아에서 온 뱀빠이어였어." 도널드는 아까 그 존재보다 더 심한 억양으로 말했다. "아니 좀 더 정확히 말하자면, 그 남자는 뜨론질와니아에서 온 뱀빠이어의 '생각-형상'이었지. 자네가 누군가를 납득하게 만들고 싶은데 그가 귀를 기울이지 않는다면 어떤 생각-형상을 휙 하고 만들어서 자네가 뜻한 바를 눈으로 볼 수 있게 해주라고. 자네 보기에 내가 좀 지나친 형상을 만든 거 같은가? 망토에 송곳니에 지독한 액센트 하며…. 자네한테 너무 무서웠지?"

"망토는 최고 수준이었어, 도널드. 하지만 그 친구는 너무 상투적이고 이국적으로 보였어…. 전혀 무섭지 않았다고."

도널드는 한숨을 쉬었다. "아, 그랬군. 하지만 최소한 핵심은 이해했잖아. 그게 중요하지."

"어떤 핵심?"

"리처드, 자네는 내가 만든 흡혈귀를 향해서 아까 감정적으로 아주 격한 상태에 빠져서는 자네가 원하는 걸 행하고 있었잖아. 당신의 행동이 누군가에게는 타격이 되리라는 생각을 하면서도 말이야. 그 흡혈귀는 자신이 심각한 타격을 받게 될 거라는 말까지 했지—만약…."

"그는 내 피를 빨아먹으려고 했다고!"

"그렇게 타격을 주고받는 게 바로 우리 모두가 서로에

게 하고 있는 일이잖아—사람들이 우리 방식대로 살지 않으면 우리가 상처 입을 거라고 그들에게 말하고 있을 때 바로 그런 일들이 벌어지고 있는 거야."

나는 한참을 말없이 있으면서 도널드의 말에 대해 생각해보았다. 우리가 누군가를 해치지만 않는다면 우리는 내키는 대로 행동할 자유가 있다고 나는 늘 믿어왔다. 그런데 지금 그게 잘 들어맞지 않았다. 뭔가가 빠져 있는 것이다.

"지금 자네가 당혹해하고 있는 자네의 그 믿음은 세상에서 널리 받아들여지고 있지만 사실은 실현 불가능한 생각이야." 그가 말했다. "누군가를 해친다는 구절 말이야. 우리는 상처 입거나 상처 입지 않거나 하는 것을 스스로 선택하는 거야. 그게 뭐든 말이야. 결정하는 존재는 바로 우리지 다른 누군가가 아니야. 내가 만든 흡혈귀는 자네가 허락하지 않으면 자기가 타격을 입는다고 말했잖아? 타격을 받는다는 결정은 그가 한 거야. 그의 선택이었지. 그런 요구에 대해 자네가 한 행동은 자네 결정이고 자네 선택이지. 즉, 그에게 피를 주거나 무시하거나 어디다 단단히 묶어 놓거나 흡혈귀 심장에 호랑가시나무 말뚝을 박아버리거나 하는 걸 자네가 결정하고 선택하는 거야. 흡혈귀가 그 말뚝을 원치 않는다면 그에겐 저항할 자유가 있겠지─그가 원하는 방식이 어떤 것이든 간에 말이야. 그렇게 계속되는 거야. 선택, 선택, 또 선택."

"자네가 그런 식으로 본다면…."

"잘 들어봐." 그가 말했다. "이건 중요해. 우리는 모두. 자유롭게. 할 수 있어. 우리가 하길. 바라는 것을. 그게 무엇이든 간에."

14

그대의 삶에 등장하는
모든 사람 모든 사건은 그대가
자신의 삶으로 끌어당겼기 때문에
그곳에 있다.

그대의 삶에 등장한
사람과 사건 들에 대해
어떤 선택을 할지는
그대에게 달려 있다.

"외로움을 느끼지는 않나, 도널드?" 내가 문득 이런 질문을 던진 건 오하이오의 리버슨에 있는 카페에서였다.

"놀랍군. 자네가…."

"쉿. 질문을 마치지 못했어, 도널드. 아주 약간이라도 외로움을 느낀 적이 없나?"

"자네가 생각하는 건…."

"잠깐만 더. 사실 여기 있는 이 사람들은 아주 잠깐만 보게 되는 거잖아. 가끔 군중 속에서 어떤 얼굴이, 사랑스럽고 별처럼 빛나는 여인이 눈에 띄면 나는 함께 머물면서 인사를 나누고 싶어지지. 그저 가만히 앉아서 대화를 잠시 나누고 싶은 거야. 하지만 그 여인은 10분 동안만 함께 날거나 아니면 비행기를 타지도 않고 가버리고 그다음 날 나는 셸비빌로 떠나 다시는 그녀를 볼 수 없게 되지. 이런 게 외로움이야. 하지만 내 자신이 지속적인 친구가 되어주지 못하면서 지속적인 친구가 되어줄 누군가를 찾을 수는 없겠지."

그는 아무 말도 하지 않고 있었다.

"그래도 찾을 수 있지 않을까?"

"이제 내가 말해도 되나?"

"그럼, 해보게."

여기 햄버거는 얇은 기름종이로 절반을 포장해서 나온다. 포장을 펼치면 사방에 참깨가 묻어 있다. 이 작은 것들은 별 쓸모가 없었지만 햄버거는 맛있었다. 그는 잠시 조용히 먹기만 했다. 나 역시 조용히 먹으면서 그가 무슨 말을 할까 궁금해졌다.

"자, 리처드, 우리는 자석과도 같아. 그렇지? 아니, 구리 철사를 감은 전자석이라고 해야겠네. 우리가 스스로를 자석으로 만들고 싶을 때는 언제든 자석이 될 수 있는 거야. 우리 내면의 전류를 구리철사로 보내면 우리가 끌어당기고 싶은 건 무엇이든 끌어당길 수 있어. 자석은 자신이 어떻게 작동하는지에 대해서 걱정하지 않아. 그건 그저 자석일 뿐이지. 자신의 본성에 따라 어떤 것은 끌어당기고 또 어떤 것은 그냥 놔두는 거야."

나는 감자튀김을 먹다가 그를 향해 얼굴을 찌푸렸다. "자네는 한 가지 빼먹었어. 그러니까 그걸 내가 어떻게 하면 된다는 거야?"

"자네가 할 건 아무것도 없어. 우주 법칙 기억나지? 비슷한 존재는 비슷한 존재를 끌어당긴다. 그저 진정한 자네 자신으로 있어 봐―침착하고 명료하고 밝은 상태에 머물러 있는 거야. 그럼 자동으로 흘러간다고. 진정한 자신이 되어 빛을 발할 때, 이 일이 진정으로 내가 원하는 것인가 묻고 그 대답이 '예스'일 때만 그 일을 하는 거야. 그러면 우리의 정체성에서 배울 게 전혀 없다고 느끼는 이들은 자동으로 멀어질 거고 배울 게 있다고 느끼는 이들은 자동으로 가까워질 거야. 그럼 우리는 그들에게서 뭔가를 배우면 되는 거야. 이런 식으로 일은 진행되는 거라고."

"하지만 그렇게 하려면 상당한 믿음이 필요하겠어. 그리고 한동안은 꽤나 외롭겠는데."

그는 나를 이상하다는 듯이 햄버거 너머로 쳐다봤다. "믿음? 햄버거 참깨 같은 소리 하고 있군. 믿음은 전혀 필요하지 않아, 리처드. 필요한 건 상상력이야." 그는 우리 사이의 탁자를 깨끗이 치웠다. 소금, 감자튀김, 케첩, 포크, 나이프 같은 것들을 모두 옆으로 치웠다. 그래서 나는 무슨 일이 일어날지 눈앞에서 뭐가 물질화할지 궁금해졌다.

"자네한테 참깨 씨 하나만큼의 상상력만 있다면," 그가 말하면서 깨끗해진 중앙에 참깨 씨 하나를 올려놓았다. "모든 게 가능해."

나는 그 참깨 씨를 쳐다보고 나서 그를 바라봤다. "당신 같은 메시아들이 모여서 합의를 봤으면 좋겠어. 난 중요한 게 믿음이라고 생각했거든. 세상만사가 내 뜻과는 달리 흘러갈 때 말이야."

"그렇지 않아. 내가 메시아 일을 할 때 그런 생각을 고쳐주고 싶었어. 하지만 너무나 힘겨운 싸움이었지. 2천 년 전, 5천 년 전에 사람들에게는 상상력에 해당하는 단어가 없었어. 당시 상당히 경건했던 추종자들에게 제안할 수 있는 최선의 용어가 믿음이라는 단어였지. 그리고 그 당시 사람들에겐 참깨 씨도 없었어."

나는 당시에 참깨 씨가 있었다는 사실을 확실히 알고 있었지만 그 거짓말을 그대로 놔뒀다. "이렇게 자석처럼 끌어당기는 걸 상상해보라는 거야? 일리노이의 타라곤 목초지에 모인 군중 사이에서 사랑스럽고 지혜롭고 신비로운 여인이 나타나는 모습을 상상해봐도 되겠지? 상상이야 할 수 있지만 그게 다겠지. 그건 그저 나의 상상에 불과한 거잖아."

그는 절망스런 표정으로 하늘나라 방향을 쳐다봤다. 그곳에는 양철로 된 천장과 차가운 불빛만이 빛나고 있었다. "그저 자네의 상상일 뿐이라고? 물론 그건 지네의 상상이지! 이 세상이 자네의 상상이야. 잊었어? '당신의 생각이 머무는 곳에 당신의 체험도 있다.' '사람은 생각하는 대로 그런 존재가 된다.' '내가 두려워한 게 내게 닥쳐온다.' '생각하라, 그리하면 풍요로워진다.' '재미와 유익을 얻기 위한 창조적 심상화.' '그대 자신이 됨으로써 친구들을 사귀는 방법.' 자네가 뭔가를 상상한다 해도 **현존**은 조금도 바뀌지 않아. **실재**에 조금도 영향을 끼치지 못해. 하지만 우리는 지금 워너브러더스의 세계들, 엠지엠의 인생사들에 대해 얘기하고 있는 거야. 그리고 그러한 것들의 매분 매초가 환상이고 상상이지. 상징을 동반하는 모든 꿈들은 우리 걸어 다니는 몽상가들이 스스로를 위해 마음으로 그려낸 것들이야."

그는 포크와 나이프로 자신과 나 사이에 다리를 건설하려는 듯 정렬시켰다. "당신의 꿈이 뭘 말해주는지 궁금하지? 그건 그저 당신의 깨어 있는 일상에서 일어나는 일들을 바라보면서 그게 뭘 말해주는가 질문하는 거와 똑같아. 자네는 비행기와 함께 인생을 살아왔잖아. 삶을 살아가는 매 순간마다 함께했지."

"그렇긴 하군, 도널드." 나는 그가 천천히 진행해주기를, 이런 내용을 나한테 한꺼번에 떠안겨 주지 않기를 바랐다.

속도가 너무 빠르면 새로운 생각들을 받아들이기 힘들기 때문이다.

"자네가 비행기 꿈을 꾸었다면 그건 자네에게 무슨 의미를 지니는 걸까?"

"음, 자유를 말하지. 비행기 꿈은 벗어나고 날아올라서 나 자신을 자유롭게 하는 걸 의미해."

"그런 자유를 자네는 얼마나 분명히 바라고 있나? 자네가 깨어서 꾸는 꿈도 똑같아. 그러니까 자네를 움직이지 못하게 묶어 놓는 모든 것들, 즉 판에 박힌 일들, 권위, 권태, 중력 같은 것들에서 자유롭고자 하는 자네의 의지이지. 자네한테 이 참깨 씨의 절반만큼의 상상력만 있었다면…, 마법사의 세계에서 이미 최고의 제왕이 되어 있을 텐데. 오직 상상력만 있다면! 하고 싶은 말 있나?"

종업원이 이따금 도널드를 이상하다는 듯이 쳐다봤다. 접시를 닦다가도 귀를 기울이면서 이 인간의 정체가 뭔가 궁금해하고 있었다.

"그래서 자네는 외로운 적이 한 번도 없다는 건가, 도널드?" 내가 물었다.

"내가 그렇게 느끼고 싶어 하지 않는 한 그래. 다른 차원들에는 친구들이 여기저기 드문드문 있어. 당신도 마찬가지고."

"아니, 내 말은 여기 차원, 이 상상의 세계에서 말이야. 당신 주장을 증명해봐. 자석의 작은 기적을 내게 보여줘보라고…. 그걸 배워보고 싶어."

"자네가 내게 보여줘 봐." 그가 말했다. "무엇이든 자네의 삶으로 가져오고 싶다면 그게 이미 자네의 삶 속에 있다고 상상해보라고."

"어떤 걸로? 나의 사랑스런 여인 같은 거?"

"무엇이든. 단, 당신의 여인은 빼고. 처음엔 좀 작은 걸로."

"지금 실습해봐도 될까?"

"물론이지."

"알았어…. '파란 깃털'."

그가 나를 멍하니 바라봤다. "리처드? 파란 깃털?"

"자네가 여인 말고 작은 걸로 하라고 했잖아."

그가 어깨를 으쓱했다. "좋아. 파란 깃털. 그 깃털을 상상해봐. 그걸 시각화해보라고—깃털의 세세한 선과 가장자리, 꼭대기, 털 사이의 갈라진 곳들, 보풀과 미세한 털들을 모두 떠올려봐. 딱 1분만 상상해보는 거야. 그러고 나서 잊어버려."

나는 잠시 눈을 감고 마음속으로 이미지를 떠올렸다. 12센티미터 길이에 가장자리는 푸른색에서 은빛으로 바뀌는 깃털을 상상했다. 밝고 뚜렷한 깃털이 어둠 가운데 떠 있었다.

"깃털을 황금빛으로 감싸도록 해봐. 물론 원한다면 말이야. 그렇게 하는 게 치유적이기도 하고 깃털을 실재화하는 데 도움이 될 뿐만 아니라 자석처럼 끌어당기는 데에도 효과가 있지."

나는 깃털 주변에 황금빛을 은은하게 둘렀다.

"다 했어."

"그럼 됐어. 이제 눈을 떠도 돼."

나는 눈을 떴다. "내 깃털 어디 있지?"

"당신 생각 속에서 깃털을 뚜렷하게 떠올렸다면 그건 마치 사납게 돌진하는 풋볼 수비수처럼 지금 이 순간 달려오고 있을 거야."

"내 깃털이? 무시무시한 풋볼 수비수처럼?"

그날 오후 내내 나는 푸른 깃털이 나타나길 고대했지만 나타나지 않았다. 내가 그걸 목격한 건 어스름이 깔린 무렵에 저녁으로 매운 칠면조 샌드위치를 먹을 때였다. 우유팩 위에 그려진 그림과 작은 글자였다. '오하이오 브라이언에 위치한 푸른 깃털 농장에서 생산하고 스콧 낙농회사에서 포장함.' "도널드! 내 깃털 좀 봐!"

그가 보더니 어깨를 으쓱했다. "난 자네가 진짜 깃털을 원하는 줄 알았는데."

"뭐 처음인데 아무 깃털이면 어때. 그렇게 생각하지 않나?"

"오로지 깃털 하나만 떠올렸나? 아니면 자네 손안에 있는 깃털을 떠올렸나?"

"깃털 하나만 떠올렸지."

"이제 이해가 가는군. 자네가 끌어당긴 것과 함께하고 싶다면 자네 자신의 모습도 그런 광경 속에 넣어야만 해. 그걸 빼먹어서 미안하군."

무시무시하고 기괴한 느낌이 들었다. 실제로 효과가 있다니! 처음으로 나는 무언가를 의식적으로 끌어당겼다!
"오늘은 깃털, 내일은 세상!" 내가 말했다.
"조심하게, 리처드." 그가 잊을 수 없는 어조로 말했다. "조심하지 않으면 곤란한 일이 생길 수도 있으니까…."

15

그대가
전하는 진리에는
과거도 없고
미래도 없다.

진리는
현존하니 그것으로
족하다.

플리트 아래에서 등을 대고 누워 동체 아래쪽에서 흘러나온 기름을 닦고 있었다. 어찌된 일인지 엔진은 예전보다 기름을 덜 흘리고 있었다. 쉬모다는 승객 한 명을 태워주고 난 다음 내가 작업하고 있는 곳으로 와서 풀밭 위에 앉았다.

"리처드, 사람들은 모두 다 자기 생계를 유지하기 위해 바쁘게 움직이고 있는데 자네는 이 괴상망측한 복엽기와 함께 책임감 없이 하부는 여기 노 하무는 저기시 10분짜리 승객들이나 태우고 다니면서 어떻게 세상 사람들에 감명을 안겨주길 바랄 수 있겠나?" 그가 나를 다시 시험하고 있었다. "앞으로 자네가 여러 번 받게 될 질문 중 하나야."

"알았네, 도널드. 첫째, 나는 세상에 감명을 주기 위해 존재하는 게 아니다. 나 자신을 행복하게 해줄 방향으로 살기 위해 살아갈 뿐이다."

"좋아. 두 번째는?"

"둘째, 모든 사람은 생계를 위해서 자신이 하고 싶은 게 무엇이든 그걸 하면서 살아갈 자유가 있다. 셋째, **책임 있는 태도란 응답할 수 있음을 뜻한다.** 이는 우리가 살아내기로 선택한 삶의 방식에 응답할 수 있음을 말한다. 우리가 응답해야 할 대상은 오직 한 사람뿐이다. 즉, …?"

"우리 자신이지." 도널드는 마음속으로 주변에 둘러앉은 구도자 무리를 떠올리며 대답했다.

"심지어 우리는 자신에게 응답할 필요조차 없어. 그렇게 하고 싶지 않다면 말이야…. 무책임한 태도에 잘못된 건 아무것도 없어. 하지만 우리 대부분은 자신이 왜 그런 식으로 행동하는지, 왜 그런 선택을 하는지—새를 관찰하든 개미를 밟든 돈 때문에 하기 싫은 일을 억지로 하든 그런 선택을 왜 하는지—그런 걸 알아내는 게 보다 더 흥미롭다는 사실을 깨닫게 되지." 나는 좀 주춤했다. "내 답변이 너무 길었나?"

그가 고개를 끄덕였다. "너무 길군."

"알았어…. 세상에 어떻게 감명을 주길 바라느냐고 했지…." 나는 비행기 아래에서 몸을 굴려 나와서는 쌍날개 그늘에서 잠시 휴식을 취했다. "이건 어떤가―나는 세상 사람들이 그들이 선택하는 방식대로 살아가도록 허용하고 나는 내가 선택하는 방식대로 살아가도록 허용한다."

그가 행복하고 자랑스러워하는 미소를 보냈다. "진짜 메시아처럼 말했군! 단순하고 직접적이고 인용할 만하군. 그리고 주의 깊게 생각할 시간을 갖지 않으면 답할 수 없는 문제이군."

"나를 좀 더 시험해보게." 우리가 이런 식으로 주고받는 과정에서 나는 내 정신이 제대로 작동하는 걸 느끼면서 달콤한 기분이 들었다.

그가 말했다. "스승이시여, 저는 사랑받고 싶은 마음도 있고 친절하기도 하고 내가 대접받고 싶은 대로 다른 이들을 대접하고 있음에도 불구하고 여전히 친구가 하나도 없고 완전히 외롭게 홀로 있나이다.' 당신 같으면 이런 사람에게 어떤 답을 주겠나?"

"아, 전혀 모르겠는데." 내가 말했다. "뭐라고 말해줘야 할지 실마리를 찾을 수 없군."

"뭐라고!"

"농담 좀 했어, 도널드. 저녁에 활기 좀 불어 넣으려는 거야. 가벼운 기분전환이랄까, 하하."

"활기를 불어 넣는 건 좋지만 상당히 조심해야 해. 자네를 찾아오는 사람들이 수준 높은 상급반 학생들이 아닌 이상 그리고 그들이 자기 자신의 메시아라는 사실을 모르는 이상 그들의 어려움은 농담거리나 놀이가 아니네. 당신에게 답이 주어져 있으니 그걸 전해주라고. '전혀 모르겠는데요'라는 식의 말을 해봐. 그러면 성난 군중이 얼마나 재빠르게 사람을 장작더미에 올려놓고 불에 구워버릴 수 있는지 두 눈으로 똑똑히 보게 될 테니까."

나는 거만한 자세를 취하였다. "답을 찾는 이여, 그대가 내게 답을 구하러 왔으니 내 그대에게 분명한 답을 주겠노라. 황금률은 작동하지 않느니라. 자신이 대접받고 싶은 대로 다른 이를 대접하는 마조히스트를 만나면 그대는 어떻게 하겠는가? 아니면 악어 신을 숭배하는 자를 만난다면? 그는 산채로 악어들이 득시글거리는 구덩이에 던져지는 걸 영예롭게 여기며 그걸 갈망하는 자인데? 선한 사마리아인은 어떤가? 그가 모든 일의 시작이었으니… 사마리아인은 어째서 길가에 누워 있던 사람이 자기 상처에 올리브유를 부어주길 바란다고 생각했을까? 만약 그 사람이 스스로 영적으로 치유하기 위하여 그런 조용한 순간들을 활용하고 있었다면? 그리고 그러한 도전을 즐기고 있었다면?" 내 얘기가 나 스스로도 설득력 있게 들렸다.

"설사 황금률이 '다른 이들이 대접받고자 하는 대로 대접하라'는 것으로 바뀐다 하더라도 우리 자신을 제외한 다른 누가 어떤 대접을 받고 싶어 하는지 우리는 알 수 없도다. 황금률이 진정 의미하는 바는, 그리고 황금률을 우리가 정직하게 적용할 방식은 이렇다. **그대가 다른 이들에게 진정으로 대접해주고 싶은 대로 대섭하라.** 이리힌 황금률을 갖고 마조히스트를 만나도록 하라. 그리하면 단순히 그가 원한다고 해서 그의 채찍으로 그를 매질할 필요가 없게 되리라. 악어 신을 숭배하는 자 역시 악어 구덩이에 던져버리지 않아도 되리라." 나는 그를 바라봤다. "너무 장황한가?"

"늘 그렇군. 리처드, 짧게 하는 걸 배우지 못하면 청중의 9할은 잃게 될 거네."

"하지만 청중의 9할을 잃는다 해서 문제 될 게 뭐가 있겠나?" 내가 반격했다. "청중 전체를 잃는다고해서 문제 될 건 또 뭐고? 나는 내가 알고 있는 걸 알고 있고 내가 말하는 걸 말하고 있을 뿐이야! 그게 잘못된 거라면 참 안타까운 일일 따름이지. 비행기 타는 데 3달러, 현금입니다!"

"자네 그거 알고 있나?" 쉬모다가 일어나서 청바지에 묻은 건초를 털어냈다.

"뭘 말인가?" 나는 심통 맞게 말했다.

"자네가 방금 졸업했다는 사실을. 스승이 되니 기분이 어떤가?"

"지옥 같은 좌절감이 드는군."

그는 아주 희미한 미소를 띠며 나를 바라봤다. "익숙해질 거야." 그가 말했다.

그대가
지상에서의 임무를
마쳤는지 검증하는
　　방법이 있다. 즉,
　　　　그대가 살아 있다면
　　　임무를 마친 게
　　　　아니다.

16

 철물점은 언제나 기다란 구조로 되어 있는데 선반들이 마치 영원히 펼쳐져 있는 듯하다. 헤이워드 철물점에서 나는 물건을 찾으려고 어두컴컴한 곳으로 들어갔다. 3/8인치 너트와 볼트 그리고 플리트의 꼬리 스키드를 위한 로크워셔가 필요해서였다. 내가 살펴보는 동안 쉬모다는 인내심 있게 가게를 둘러보았는데 물론 그는 철물점에서 필요한 게 아무것도 없었다. 모두가 쉬모다 같으면 경제 전체가 무너질 거라는 생각이 들었다. 생각-형상으로 원하는 건 뭐든지 허공에서 만들어내고 부품이나 노동 없이 뭐든 고칠 수 있을 테니까.

 마침내 필요한 볼트 여섯 개들이를 찾아내서 다시 계산대로 돌아가는 여정을 밟아 가고 있었다. 그런데 주인장이 틀어놓은 음악이 잔잔하게 들려왔다. 〈푸른 소매〉라는 곡인데 어릴 때부터 무척 좋아하던 멜로디가 지금 류트 연주로 어딘가 숨겨진 음향 장치를 통해 흘러나오고 있었다. 사백여 영혼들이 사는 마을에서 이런 음악을 듣게 되다니

묘한 기분이 들었다….

헤이워드 철물점에서의 묘함의 정체가 결국 밝혀졌는데 그건 음향 장치가 아니었다. 가게 주인장은 계산대 나무의자에 기대고 앉아서 우리의 메시아가 판매용 선반에 있던 값싼 여섯 줄짜리 기타로 연주하는 소리에 푹 빠져 있었다. 아주 근사한 연주였다. 나는 가만히 서서 물건값 5천 원을 지불하고는 다시 그 멜로디에 마음을 빼앗겼다. 값싼 악기라서 소리의 품질은 별로였지만 그 연주는 안개 낀 잉글랜드의 어느 다른 시대에서 들려오는 듯하였다.

"도널드, 정말 아름답군! 기타도 치는 줄은 몰랐네!"

"몰랐다고? 그럼 자네는 누군가가 예수 그리스도에게 다가가서 기타를 건넸을 때 그가 '난 이런 거 못 칩니다.'라고 말할 거라고 생각하나? 예수가 그렇게 말했을 거 같은가?"

쉬모다는 기타를 원래 있던 자리에 올려놓았다. 우리는 햇빛이 비치는 곳으로 나왔다. "또 러시아나 페르시아 말을 하는 사람이 들렀을 때 아우라 값을 하는 어떤 스승이 그 사람의 언어를 모르겠다고 할 거 같은가? 그가 D-10

캐터필러를 몰고 싶거나 비행기를 하늘에 띄우고 싶다면 못 할 거 같나?"

"그럼 자네는 정말 모든 걸 알고 있다, 그런 말인가?"

"당신도 마찬가지야. 나는 내가 모든 걸 알고 있다는 사실을 알고 있을 따름이지."

"그럼 나도 아까처럼 기타를 칠 수 있다는 얘기네?"

"아니지. 자네는 자네 스타일이 있으니 나와는 다르게 치겠지."

"내가 어떻게 하면 그렇게 할 수 있겠나?" 다시 돌아가서 기타를 사려는 건 아니었고 그저 호기심으로 물어봤다.

"자네 스스로 기타를 칠 수 없다고 믿는 신념들 그리고 마음속으로 억제하는 그런 것들을 모두 내려놓기만 하면 되는 거야. 그 물건을 그저 당신 삶의 일부였던 것처럼 터치하는 거야. 사실 어느 다른 생애에서 실제 그렇기도 하겠지. 자네가 기타를 잘 연주해도 괜찮다는 사실을 알아두라고. 그리고 당신의 의식적이지 않은 자아가 당신의 손가락들을 떠맡아서 연주하도록 허용해보라고."

이런 내용을, 그러니까 최면 학습에 대한 내용을 어디선가 읽은 적이 있다. 학생들이 예술의 거장이라는 말을 듣게 되면 실제 예술의 거장처럼 악기를 연주하거나 그림을 그려내거나 글을 써냈다는 내용이었다. "그건 참 어려운 일이야, 도널드. 내가 기타를 연주하지 못한다는 그런 앎을 떠나보낸다는 게 말이지."

"그럼 자네에겐 기타를 연주하는 게 어려운 일이 될 거야. 여러 해 동안 수련을 해야 할 걸—자네가 그걸 연주할 자격을 스스로 부여할 때까지 말이야, 자네의 자의식적인 마음이 자네가 연주를 잘 해낼 정도로 충분한 고통을 감수했다고 말해줄 때까지 그럴 거야."

"내가 비행을 배우는 데는 그다지 오래 걸리지 않았던 이유는 뭔가? 비행은 흔히 어려운 일로 여겨지지만 난 정말 빨리 배웠거든."

"하늘을 날고 싶었나?"

"그밖에 다른 거는 아무것도 중요하지 않았지! 정말 그 무엇보다 하늘을 날고 싶었어! 그래서 하늘을 날면서 볼 수 있었지—비행기 아래로 내려다보이는 구름들, 아침마다 굴뚝에서 올라오는 연기가 조용히 하늘로 곧게 올라가는 모습들…. 아. 이제 이해했어. 자네는 이런 말을 하고 싶은 거지. '자네는 기타에 대해서는 그런 식으로 느낀 적이 없잖아, 안 그래?'"

"자네는 기타에 대해서는 그런 식으로 느낀 적이 없잖아, 안 그래?'"

"난 지금 가슴이 철렁 내려앉는 느낌이야, 도널드. 그런 식으로 자네는 비행을 배운 거군. 어느 날 자네는 그냥 트래블 에어를 타고서 하늘에 띄운 거야. 그전엔 한 번도 비행기를 조종한 적도 없으면서."

"이런! 자네 직관이 뛰어나군."

"비행 면허시험도 보지 않았겠지? 아니, 잠깐. 면허증도 없지? 보통 비행 면허증 말이야."

그는 나를 이상하다는 듯이 쳐다보며 아주 엷은 미소를 띠었다. 마치 내가 감히 그의 면허증을 꺼내도록 요구했지만 자신이 그렇게 할 수 있다는 것을 알고 있다는 듯한 표정이었다.

"그 종잇조각 말인가, 리처드? 면허 그런 거?"

"그렇지, 그 종잇조각."

그가 주머니에 손을 넣거나 지갑을 꺼낸 것도 아니었다. 그저 오른손을 폈고 거기에 비행 면허증이 있었다. 평소에 들고 다니다가 내가 꺼내놓으라고 요구하길 기다렸다는 듯이 내게 보여주었다. 그의 면허증은 색이 바래지도 구겨지지도 않았다. 10초 전에는 그게 존재하지도 않았다는 생각이 들었다.

어쨌든 나는 그걸 받아들고 살펴봤다. 그건 공식 조종사 자격증이었다. 국토교통부의 인증, '도널드 윌리엄 쉬모다,' 주소 인디아나, 그리고 단발 및 다발 육상비행기와 비행장비와 글라이더를 취급할 수 있는 등급이 포함된 상업 비행 면허가 기재되어 있었다.

"수상항공기나 헬리콥터 등급은 없나?"

"필요하면 가질 수 있지." 그가 말했다. 너무 신기해서 그가 웃기도 전에 내가 웃음을 터트렸다. 국제 하비스터 건물 앞 인도를 쓸고 있던 남자가 우리를 보고 함께 미소를 지었다.

"내 것은? 난 화물수송 면허증을 갖고 싶은데."

"자기 면허증은 자기가 위조해야지." 그가 말했다.

17

 제프 사이크스의 라디오 토크쇼에서 나는 도널드 쉬모다의 전혀 다른 면모를 목격하였다. 토크쇼는 저녁 9시에 시작해서 자정까지 진행되었다. 방송실은 겨우 시계 수리점 정도의 크기였고 여러 가지 다이얼과 조정 버튼들이 보였고 상업광고 녹음테이프를 올려놓은 선반들도 있었다.
 사이크스는 우리가 너무 오래된 비행기를 몰고 다니면서 사람들을 태우고 돈을 받는 게 불법적인 측면이 있는 게 아니냐는 식의 질문으로 토크쇼를 시작하였다.
 이에 대한 대답은 당연히 '노우'이다. 불법적인 건 아무것도 없으며 제트 화물기와 똑같이 철저한 검사를 받고 있다. 요즘 시대 비행기의 대부분을 차지하는 박판 비행기들보다 더 안전하고 더 튼튼하다. 필요한 건 면허증과 농장주의 허가뿐이다. 하지만 쉬모다는 그런 식으로 답하지 않았다. "아무도 우리가 하고 싶은 걸 하는 걸 막을 수 없어요, 제프." 쉬모다가 말했다.

이제 나에겐 이 말이 상당한 진실로 다가온다. 하지만 관련된 상황이 어떻게 돌아가고 있는지 궁금해하는, 즉 이런 비행기들이 날아다니는 일에 대해 궁금해하고 있는 라디오 청중들과 대화를 하는 경우라면 참 요령 없는 대답이었다. 쉬모다가 대답하고 나서 1분쯤 지나자 사이크스의 책상에 있는 전화 수신기에 불이 들어오기 시작했다.

"1번 전화선이 연결되었군요." 사이크스가 말했다. "말씀하세요, 부인."

"제 말이 방송되고 있나요?"

"네, 부인 말씀이 지금 방송되고 있습니다. 오늘 우리 손님은 도널드 쉬모다 씨인데요, 비행기 조종사죠. 말씀하세요, 방송되고 있으니까요."

"그럼 그 사람한테 이런 말을 해주고 싶어요. 모든 사람이 자신이 원하는 걸 하게 되는 게 아니라는 거죠. 어떤 사람들은 자신의 생계를 위해 일을 해야 한다고요. 그러니까 사람들은 비행기로 카니발 같은 걸 벌이며 돌아다니는 것보다 좀 더 책임 있는 일을 해야만 한다는 사실을 말해주고 싶어요!"

"생계를 위해 일하는 사람들은 그들이 가장 하고 싶은 것들을 하고 있는 겁니다." 쉬모다가 답했다. "생계를 위해 놀이를 하고 있는 사람들과 똑같이 말이죠…."

"성서에 말하길 그대 이마에 땀을 흘려 그대 빵을 얻을 것이요, 슬픔 가운데 그것을 먹을지니."

"그렇게 하는 것도 우리 자유입니다. 우리가 원한다면요."

"'당신 하고 싶은 걸 하라!' 이런 식으로 말하는 당신 같은 사람들이 지겨워요. 당신 하고 싶은 걸 하라니! 사람들이 모두 제멋대로 날뛰게 놔두면 결국 세상을 파괴하고 말 거예요. 그런 사람들이 바로 지금 이 세상을 파괴하고 있잖아요. 살아 있는 푸른 산과 강과 바다에서 무슨 일이 벌어지고 있는지 보란 말이에요!"

부인은 쉬모다에게 얼마든지 다양한 방식으로 답변할 수 있는 기회를 제공했으나 그는 그 모든 걸 무시했다. "세상이 파괴된다 하더라도 문제 될 게 없습니다." 그가 대답했다. "우리가 창조하고 선택할 수 있는 세계가 수십억 개 있으니까요. 사람들이 지구와 같은 행성들을 바란다면 그들이 살아갈 행성들이 존재하게 될 겁니다."

그의 답변에는 전화를 걸어온 사람을 진정시킬 의도가 거의 보이지 않았다. 나는 놀라서 쉬모다를 쳐다봤다. 그는 오직 스승만이 기억해낼 수 있는 수많은 생애와 배움의 관점에서 발언하고 있었다. 전화 건 사람은 당연히 여기 있는 하나의 세계만을 현실로 여기고 탄생은 시작이고 죽음은 종말이라는 관점에서 대화를 진행하고 있었다. 쉬모다도 그걸 알고 있었다…. 그런데 왜 그런 사실을 무시했을까?

"모든 게 문제없다, 이거군요?" 부인이 전화기에 대고 말했다. "이 세상에는 악이란 게 존재하지도 않고 우리 주위엔 아무런 죄악도 저질러지지 않고 있다는 말인가요? 당신은 이런 상황에서도 전혀 괴롭지 않다는 거죠, 그렇죠?"

"괴로워할 게 아무것도 없습니다, 부인. 우리는 그저 삶 전체의 아주 작은 얼룩 하나만을 보고 있는 겁니다. 그리고 이 하나의 얼룩은 가짜입니다. 모든 것들은 균형을 유지하고 있고 그 누구도 자신이 동의하지 않는 이상 고통받거나 죽지 않습니다. 그 누구도 자신이 원치 않는 일을 하지 않습니다. 우리를 기쁘게 만들거나 기분 나쁘게 만들거나 하는 것들이 있을 뿐 선도 없고 악도 없습니다."

이런 말로는 지금 통화하고 있는 부인을 전혀 진정시킬 수 없었다. 그런데 부인은 갑자기 말을 끊더니 단순한 질문을 했다. "당신이 지금 말하고 있는 것들을 어떻게 알게 된 거죠? 당신이 말하고 있는 것들이 진실이라는 걸 어떻게 아는 거죠?"

"그게 사실인지 아닌지는 모르겠습니다." 그가 답했다. "그렇다고 믿는 게 재밌기 때문에 그렇게 믿는 겁니다."

나는 눈살을 찌푸렸다. 그는 자신이 말한 것들을 시험해봤는데 효과가 있었다고 말할 수도 있었다…. 지금까지 해온 치유, 기적, 실용적인 삶의 방식 들은 그의 생각이 진실하고 효과가 있다는 걸 입증하고 있었다. 그런데 그는 그러한 사실을 말하지 않았다. 왜 그랬을까?

어떤 이유가 있었다. 나는 눈을 아주 가늘게 뜨고 있었는데 방송실 대부분이 잿빛이었고 마이크에 대고 말하기 위해 몸을 앞으로 기울인 쉬모다의 모습이 아주 희미하게 보였다. 그는 모든 얘기를 직설적으로 하면서 어떠한 선택의 범위도 제시하지 않았으며 이해가 부족한 청취자들이 알아듣게끔 하려는 노력을 전혀 기울이지 않고 있었다.

"지금까지 이 세상에서 중요한 인물로 여겨졌던 사람들은 누구나 다, 행복했던 사람들은 누구나 다, 그리고 이 세상에 무언가 선물을 안겨줬던 사람들은 누구나 다 신성하게 이기적인 영혼들이었습니다. 그들 자신의 최고의 이익을 위해 살았습니다. 여기엔 예외가 없습니다."

다음엔 한 남성의 전화였다. 저녁 시간이 쏜살같이 지나갔다. "이기적이라니! 이봐요, 당신은 그리스도의 적이 뭔지 알고 있소?"

쉬모다는 잠깐 미소를 보이더니 의자에 느긋이 기댔다. 전화 건 사람을 개인적으로 알고 있다는 듯한 태도였다.

"당신이 직접 말씀해주시죠." 쉬모다가 답했다.

"그리스도께서는 우리가 형제자매를 위해 살아야 한다고 말씀하셨소. 그리스도의 적은 이렇게 말하죠—이기적이 되라, 너 자신을 위해 살아라, 다른 이들은 지옥에 가게 놔둬라."

"아니면 천국에 가게 놔두거나, 또는 사람들이 가고 싶은 곳은 어디든지 가도록 놔둘 수 있지요."

"당신은 위험한 인물이야. 당신은 그걸 알고 있나? 만약 모두들 당신 말을 듣고 자기들 하고 싶은 대로 한다면 어떻게 되겠나? 그럼 어떤 일이 벌어질 거라고 생각하나?"

"아마도 이 은하계에서 가장 행복한 행성이 될 거라는 생각이 드는군요." 쉬모다가 답했다.

"이봐, 우리 아이들이 당신이 하는 말을 들을까 걱정돼."

"당신의 아이들이 듣고 싶은 얘기는 어떤 걸까요?"

"우리가 원하는 게 무엇이든 그걸 자유롭게 할 수 있다면 난 당신이 머무는 그 들판으로 가서 멍청한 그 머리통을 엽총으로 날려버리겠어."

"물론 그렇게 할 자유도 당신에게 있지요."

전화가 엄청나게 걸려왔다. 이 마을 어딘가에 분노로 가득 찬 사내 한 명이 있었다. 다른 이들도, 그리고 또 분노한 여성들도 전화를 걸어왔다. 전화 수신기의 모든 버튼에 불이 들어와 깜빡이고 있었다.

사태가 그런 식으로 진행될 필요는 없었다. 그는 똑같은 얘기를 다른 식으로 함으로써 평지풍파를 일으키지 않을 수도 있었다.

생각해보면, 다시 돌이켜 생각해보면, 트로이에서도 똑같은 느낌이 들었던 적이 있었다. 그때도 군중이 몰려와서 그를 둘러쌌다. 분명 때가 되었다. 분명 우리가 움직일 때가 되었다.

《메시아 지침서》는 도움이 되지 않았다. 적어도 여기 이 방송실에서는 그랬다.

그대가
자유롭고 행복하게 살려면
권태로움을 희생해야
한다.

그런 희생이 늘 쉬운 건
아니다.

제프 사이크스는 우리가 누구인지, 우리 비행기가 41번지 존 토머스 목초지에 있고 밤에는 비행기 날개 밑에서 잠을 잔다는 사실을 이미 방송한 바 있다.

분노의 파도가 밀려오는 게 느껴졌다. 그 분노는 앞으로 자신들의 아이들에 대한 도덕 교육과 미국식 생활방식에 끼칠 영향에 대한 두려움에서 비롯되었다. 그 모든 게 내 마음을 불편하게 만들었다. 방송 시간이 30분 남았는데 상황은 더욱 나빠지고 있었다.

"이봐, 내 생각에 당신은 가짜야. 사기꾼이라고." 다음 통화자가 말했다.

"물론 난 가짜입니다. 우린 모두 이 세상 어디서나 가짜로, 사기꾼으로 살고 있습니다. 우리 모두 자신의 진정한 정체성으로서가 아닌 다른 무엇인 척하며 살고 있습니다. 우리는 지금처럼 이리저리 걸어 다니고 있는 몸뚱이가 아닙니다. 우리는 원자와 분자가 아닙니다. 우리는 죽일 수 없고 파괴할 수 없는 **현존**의 관념들입니다. 우리가 달리 어떤 식으로 믿든지 간에 말입니다…."

쉬모다는 자기 말이 만약 내 마음에 들지 않으면 자유롭게 떠나도 된다고 제일 먼저 말해줬을 사람이다. 그러면서 비행기 있는 곳에서 횃불을 들고 린치를 가하려고 기다릴 폭도들을 두려워하는 나를 비웃었을 것이다.

18

작별에
너무 놀라지 말라,
작별해야만 그대들은
다시 만날 수
있으니.

벗들은
잠시 뒤든 아니면
몇 생애가 지난 다음이든
분명 다시 만나게
되리라.

다음날 정오. 사람들이 비행기를 타러 오기 전이었는데 그가 내 비행기 날개 옆에 와서 멈춰 섰다. "자네가 내 문세를 찾아냈을 때 자네가 했던 말을 기억하니? 내가 아무리 많은 기적을 일으켜도 내 말에 귀를 기울이는 사람이 아무도 없다고 푸념했을 때 말이야."

"기억나지 않는데."

"그 시점은 기억이 나나, 리처드?"

"기억나지. 그 시점은 기억나. 그때 자네가 너무 외로워 보였어, 갑작스레. 그런데 내가 한 말은 기억이 나지 않는군."

"자네가 이렇게 말했어—내 말에 관심 갖는 사람들에게 내가 의존하는 것은 나 자신의 행복을 다른 누군가에게 의존하는 거라고. 바로 그걸 배우는 게 내가 여기에 온 목적이었어. 즉, '**내가 소통을 하든 그렇지 않든 중요하지 않다**'는 거야. 나는 이 세상이 어떤 식으로 만들어져 있는지에 대해 누구하고라도 함께 나누기 위해 이번 생애 전체를 선택했어. 하지만 마찬가지로 한마디도 하지 않기로 선택할 수도 있었겠지. **현존**은 내가 세상이 돌아가는 이치에 대해 꼭 누군가에게 전달해야만 한다고 여기지는 않아."

"그건 분명 그래, 도널드. 나도 그렇게 당신에게 말했을 거야."

"무척 고맙네. 덕분에 이번 생애를 살면서 찾아야 할 중요한 개념을 찾아냈어. 이번 생의 전체 과업을 마치게 되었군. 그런데 지금 그 누군가는 '그건 분명 그래, 도널드.'라고 말하고 있군."

 그는 웃고 있었지만 슬프기도 했다. 나는 당시에는 그 이유를 알 수 없었다.

19

불의와
비극에 대해 그대가 지닌 믿음의
깊이는 그대가 무지한
정도를 나타낸다.

애벌레가
세상의 종말이라고 부르는 것을
스승은 나비라고
부른다.

《메시아 지침서》에 있던 이 말들이 그 전날 내가 받은 유일한 경고였다. 플리트의 날개 꼭대기에 올라가 탱크에 기름을 넣으면서 잠시 한순간 둘러보니 평범한 사람들이 무리를 지어 비행기를 타려고 기다리고 있는 가운데 여전히 그의 비행기가 프로펠러로 바람을 일으키며 천천히 굴러가서 사람들 옆에 가서 서는 모습은 평상시와 같이 보기 좋은 장면이었다. 그리고 바로 다음 순간 타이어가 터지는 듯한 소리가 들렸고 군중도 폭발적으로 움직이며 뛰어가기 시작했다. 트래블 에어의 타이어는 손상되지 않은 그대로였고 엔진은 조금 전처럼 공회전하고 있었다. 하지만 조종석 아래 동체에 한 뼘 반 정도의 구멍이 나 있었고 쉬모다는 뭔가에 눌린 듯 반대편에 쓰러져서 머리를 떨구고 있었는데 그의 몸은 즉사한 사람처럼 움직이지 않았다.

  도널드 쉬모다가 총에 맞았다는 사실을 깨닫는 데는 수천 분의 1초도 걸리지 않았다. 나는 기름통을 내던지고 날개 꼭대기에서 뛰어내려 그곳으로 달려갔다. 마치 어떤 영화 각본에 있는 것처럼 엽총을 든 남자가 아마추어 연기자가 연기하듯 다른 사람들과 함께 달아나고 있었다. 내게 펜싱 검이 있었다면 그를 벨 수 있을 정도의 거리를 두고 내 눈앞을 지나갔다. 지금 생각해보면 나는 그 남자에게 아무런 신경도 쓰지 않았다. 격분하거나 충격을 받거나 공포에 질리지도 않았다. 오직 중요했던 건 가능한 빨리 트래블 에어 조종석에 가서 내 친구와 대화를 나누는 거였다.

  그는 마치 폭탄을 맞은 사람처럼 보였다. 그의 몸 왼쪽 절반은 가죽과 천과 살점과 피가 온통 범벅이 된 붉은색 덩어리였다.

그의 머리는 계기판 오른쪽 아래에 있는 연료 공급 손잡이 옆으로 기울어져 있었다. 그가 안전벨트를 매고 있었더라면 그런 식으로 고꾸라지진 않았을 텐데 하는 생각이 들었다.

"도널드! 괜찮아?" 바보 같은 말이었다.

그가 눈을 뜨고 미소를 지었다. 그의 얼굴은 피범벅이 되어 있었다. "리처드, 어떻게 보이나?"

그가 말하는 걸 들으니 커다란 안도감이 밀려왔다. 그가 말할 수 있다면, 그가 생각할 수 있다면 그는 괜찮은 것이다.

"이봐 친구, 내가 잘 몰랐다면 자네한테 문제가 좀 생겼다고 말했을 거야."

머리만 살짝 움직인 것 말고는 전혀 움직임이 없었다. 갑자기 다시 무서워졌다. 지금 이 엉망진창과 피투성이보다도 그가 꼼짝도 하지 않는 게 더 무서웠다. "자네한테 원수들이 있으리라곤 생각도 못했네."

"나야 원수가 없지. 그 사람은… 친구야. 없는 게 낫겠지만…. 증오를 품은 사람들은… 온갖 골칫거리를 만들어내지… 자기 삶에서 말이야… 나를 죽이려 들고….”

조종석의 좌석과 측면에 피가 흘러내리고 있었다. 트래블 에어 자체는 심한 손상을 입지는 않았지만 비행기를 다시 깨끗하게 만들려면 꽤나 큰 수고를 치러야 할 것 같았다. "이런 일이 꼭 일어나야만 했나, 도널드?"

"아니야….” 그가 힘없이 대답했다. 숨도 제대로 쉬지 못했다. “근데 내가 드라마를… 좋아하는 거 같아….”

"자, 어서 시작하자고! 어서 자네 자신을 치유하게! 승객들도 몰려올 텐데 부지런히 날아야지!”

하지만 내가 농담을 걸고 있을 때 실재에 대해 그가 지닌 모든 앎과 모든 이해에도 불구하고 나의 친구 도널드 쉬모다는 머리를 연료 공급 손잡이 쪽으로 조금 더 떨구었다. 그는 죽었다.

커다란 울부짖음이 귀에 울려왔다. 세상이 기우뚱해졌다. 나는 찢어진 비행기 동체에서 벗어나 붉게 젖어 있는 풀밭으로 미끄러지며 내려갔다. 마치 《메시아 지침서》의

무게가 나를 옆으로 밀쳐 비틀거리게 만든 것 같았다. 발이 땅에 닿았을 때 지침서도 같이 떨어졌다. 바람이 지침서의 페이지를 천천히 뒤적여댔다.

나는 맥없이 지침서를 주워들었다. 이런 식으로 끝나버리고 마는 건가? 이런 생각이 들었다. 스승이 말했던 건 모두 그저 아름다운 말에 불과할 뿐 농장의 미친개가 공격해도 그를 구할 수 없을 정도로 무기력한 것인가?

나는 무려 세 번이나 읽어야 했다―다음의 말이 지침서에 적혀 있다는 것을 믿게 되기까지.

   이 책에 적혀 있는
      말들은 모두 다
   틀릴 수도
      있다.

― 끝 ―

에필로그

가을 무렵까지 나는 따뜻한 대기가 흐르는 남부 지역에서 날아다녔다. 적당한 들판은 많지 않았지만 사람들은 늘 더 많이 몰려들곤 했다. 사람들은 복엽기를 타고 하늘을 나는 걸 언제나 좋아했다. 요즘에는 내가 피운 모닥불에 와서 얘길 나누고 마시멜로를 구워 먹는 사람들이 늘어났다.

아프긴 하지만 정말 그리 심하진 않았던 사람들이 나와 얘기하는 동안 훨씬 나아졌다는 말을 이따금씩 전해주곤 한다. 그런 일이 일어난 다음 날 사람들은 나를 이상하다는 듯이 바라본다. 그러면서 보다 더 가까이 다가오며 호기심을 보인다. 그래서 나는 새벽같이 일어나 다른 곳으로 멀리 날아가길 여러 번 했다.

 아무런 기적도 일어나지 않았지만 플리트는 전보다 훨씬 잘 움직였고 기름은 덜 먹었다. 기름을 더 이상 흘리지도 않았고 프로펠러와 조종석 유리로 벌레들을 죽이는 일도 그만뒀다. 분명 날이 추워진 것일 수도 있겠고 조그만 녀석들이 플리트를 피할 만큼 똑똑해져서일 수도 있다.

 내 안에서 흐르는 한 줄기 시간의 강은 여전히 그해 여름의 정오에 멈춰 서 있었다. 쉬모다가 총에 맞던 순간이다. 나는 그 사건의 결말을 믿을 수도 이해할 수도 없었다. 시간의 흐름은 거기에 멈춰 서서 오도 가도 못하고 있었고 나는 그 시간을 천 번도 넘게 다시 살아보면서 그 사건이 어떻게든 바뀌길 바랐다. 하지만 그런 일은 일어나지 않았다. 그날 그 사건에서 나는 무얼 배워야만 하는 것일까?

 시월의 어느 늦은 밤이었다. 미시시피에서 겁에 질려 군중을 피해 떠난 다음 나는 크기는 작지만 플리트가 착륙하기에 충분한 공터에 내려앉았다.

 잠들기 전에 다시 한번 그 마지막 순간으로 돌아갔다— 그는 왜 죽었을까? 그럴 만한 이유가 없었다. 그가 했던 말들이 진실이라면….

예전에 우리가 대화하듯이 함께 얘길 나눌 사람이 이제는 아무도 없다. 내가 배울 수 있는 사람이, 내가 말꼬리를 잡고 공격해댈 사람이, 나의 새롭고 총명한 정신을 갈고 닦을 상대가 이제는 없다. 나 자신을 상대로? 가능하다. 하지만 쉬모다와 함께할 때 느끼는 재미의 절반에도 미치지 못한다. 그는 언제나 영성의 고수로서 나의 중심을 흔들어대며 가르침을 줄 수 있었다.

이런 생각을 하며 잠이 들었다. 자는 동안 꿈을 꾸었다.

* * *

그가 어느 목초지 풀밭에서 내게 등을 보인 채 무릎을 꿇고서는 엽총에 구멍이 난 트래블 에어의 옆구리를 때우고 있었다. 그의 무릎 옆에는 항공기용 최고급 천과 낙산염 도료가 놓여 있었다.

나는 내가 꿈을 꾸고 있음을 알고 있었다. 또한 이게 실제라는 것도 알았다. "**도널드!**"

그는 천천히 일어나 몸을 돌려 나를 마주 봤다. 그는 나의 슬픔과 나의 기쁨에 미소를 보내왔다.

"어서 오게, 친구." 그가 말했다.

눈물이 앞을 가렸다. 죽음이란 없어, 정말 죽음은 없어, 그리고 이 사내는 나의 벗이야.

"도널드! …자네 살아 있었군! 지금 뭘 하고 있는 겐가?" 나는 달려가 그를 두 팔로 껴안았다. 그는 진짜였다. 그가 입은 항공 재킷의 가죽이 느껴졌다. 재킷 안에 있는 그의 두 팔을 꽉 붙잡았다.

"잘 지냈나?" 그가 말했다. "난 지금 이 녀석의 구멍을 때우고 있는 중이야. 괜찮겠나?"

그를 보게 되어 너무 기뻤다. 불가능한 건 아무것도 없었다.

"도료와 천으로 말이지?" 내가 말했다. "자네 지금 도료와 천으로… 고치겠다는 거야? 자넨 이런 식으로 하지 않잖아. 자네가 이 녀석의 완벽함을 보면, 그럼 이미 완벽한 거잖아…." 나는 이렇게 말하면서 다 해어진 피범벅의 구멍 앞으로 스크린을 펼치듯 손을 휘저었다. 나의 손이 지나가자 구멍이 사라졌다. 정말 거울같이 칠해진 트래블 에어가 거기에 있었다. 코끝부터 꼬리까지 매끈했다.

"자네는 이런 식으로 하는구먼!" 그가 말했다. 배움이 느린 제자가 마음의 수리공으로서 마침내 훌륭하게 작업해낸 것이 자랑스러운 듯 그의 검은 눈이 빛났다.

나는 내가 그렇게 한 게 이상하지 않았다. 꿈에서는 원래 그런 식으로 작업하는 거니까.

아침을 짓기 위한 불이 날개 옆에서 피어오르고 있었다. 불 위에는 프라이팬이 걸려 있었다. "도널드, 뭔가 요릴 하고 있군! 자네가 요리하는 건 생전 처음 보는데. 뭘 하는 건가?"

"팬케이크." 그가 사무적으로 대답했다. "내가 당신의 삶에서 마지막으로 가르쳐주고 싶은 게 있는데 팬케이크를 어떻게 요리해야 하는지 보여주는 거야."

그는 주머니칼로 두 조각을 내고서 한 조각을 나에게 건네주었다. 이 글을 쓰고 있는 지금도 그때의 팬케이크 맛이 분명하게 느껴진다…, 톱밥과 오래된 제본용 풀을 돼지기름과 함께 섞어서 따뜻하게 데운 듯한 그 맛이….

"맛이 어떤가?" 그가 물었다.

"도널…."

"《유령의 복수》야." 그가 씩 하고 웃었다. "석회 반죽으로 만들었지." 그는 자기 걸 프라이팬에 다시 넣었다. "자네가 누군가의 마음 안에서 배움의 열망을 불러일으키고 싶다면 자네가 만든 팬케이크가 아니라 자네가 몸소 익힌 앎을 통해서 그렇게 해야 한다는 거야. 이걸 다시 상기시켜주고 싶었어. 알았지?"

"안 돼! 나를 사랑하고 나의 팬케이크를 사랑할지니! 그건 생명의 양식이야, 도널드!"

"좋아, 좋아. 하지만 내 보장하지―누구한테든 자네가 그런 양식으로 저녁을 대접하면 그게 그 사람과의 마지막 저녁이 되고 말 거야."

우리는 함께 웃었다. 그리고 침묵이 이어졌다. 나는 말없이 그를 바라봤다.

"도널드, 다 괜찮은 거지, 그렇지?"

"자넨 내가 죽길 바라나? 이런! 리처드."

"이게 꿈은 아니겠지? 지금 자네를 만난 걸 내가 잊어버리고 마는 건 아니겠지?"

"아니. 이건 꿈이야. 다른 시공간이지. 어떤 시공간이든 바르고 분별 있는 지구인에겐 하나의 꿈에 불과해. 자네는 여기에 잠시 머물 거야. 하지만 자넨 기억해낼 거야. 그리고 그런 기억이 자네의 생각과 자네의 삶을 바꿔줄 거야."

"자넬 다시 보게 되겠지? 다시 돌아올 건가?

"그렇지는 않을 거야. 나는 시간과 공간을 넘어선 곳으로 가고 싶어…. 사실 이미 그곳에 있지. 하지만 우리 사이에, 자네와 나와 또 다른 우리 가족들 사이에 연결고리가 있어. 자네가 어떤 문제로 꽉 막히게 되면 그 문제를 머리에 담고 잠자리에 들게. 그러면 우리는 여기 이 비행기 옆에서 만나 얘기할 수 있어. 물론 자네가 원한다면 말이야."

"도널드…."

"왜?"

"하필 왜 엽총이었지? 왜 그런 일이 일어난 거야? 자네 심장이 엽총 한 방에 날아가 버리는 데 무슨 권세와 영광이 있는지 모르겠어."

그는 비행기 날개 옆 풀밭에 앉았다. "나는 중요한 역할을 맡은 메시아가 아니었거든, 리처드. 난 그 누구한테도 그 무엇도 증명할 필요가 없었어. 자네는 겉으로 드러난 것들 때문에 혼란에 빠지지 않는 걸 실습할 필요가 있었어. **또한 그런 것들 때문에 슬픔에 빠지지 않는 것도 포함해서 말이야.**" 그가 진지하게 덧붙였다. "자넨 그 피투성이의 처참한 광경을 훈련을 위해 활용할 수 있어. 나는 그걸 재미를 위해서 활용할 수도 있고. 죽는다는 건 어느 무더운 날 깊은 호수에 뛰어드는 거와 같아. 그 차가움에 날카로운 충격을 받겠지만 그런 고통은 아주 잠깐이야. 그걸 받아들이면 실제로는 실재 안에서 수영하는 게 되는 거야. 아무튼 아주 많이 겪게 되면 그런 충격도 점차 희미해지게 돼."

한참 있다가 그가 일어났다. "자네가 전하는 말에 관심을 갖는 사람이 많지는 않을 거야. 하지만 괜찮아. 군중이 얼마나 몰려드는가 하는 걸로 스승의 수준이 결정되는 건 아니니까. 기억해 두게."

"도널드, 기억할게. 약속하지. 그렇지만 이 일이 재미없어지는 순간 난 영영 달아나버릴 거야."

아무도 트래블 에어를 건드리지 않았지만 프로펠러가 돌고 있었고 엔진은 차갑고 푸른 연기를 내뿜기 시작했다. 커다란 엔진 소리가 목초지를 가득 채웠다. "약속을 받아들이겠어. 그런데…." 그가 날 보더니 이해가 가지 않는다는 듯한 미소를 지었다.

"받아들였는데 뭐? 말로 해봐. 뭐가 잘못됐나?"

"자넨 군중을 좋아하지 않잖아." 그가 말했다.

"나한테 매달리고 잡아당기는 건 질색이지. 난 그저 대화를 나누면서 생각을 주고받는 그런 게 좋아. 하지만 자네가 겪었던 그런 경배 사태나 의존 문제는…, 나한테 그런 걸 견디라고 요구하는 건 아니라고 믿겠네…. 그걸 견디라면 난 벌써 도망쳤을 거야…."

"리처드, 내가 바보 같은 것일 수도 있고 또 자네가 잘 파악하고 있는 명백한 걸 내가 못 보기 때문에 이런 말을 하는 것일 수도 있겠는데 만약 그렇다면 내게 말해주면 좋겠어. 어쨌든 말이야, 말씀 같은 걸 종이 위에다 써놓는다고 해서 뭐 잘못될 게 있을까? 어떤 메시아가 자기가 진실이라고 여기는 것들을, 또 재밌었던 것들을, 그러니까 자기가 효과를 확인한 것들을 책으로 쓰면 안 된다는 어떤 규칙이 있나? 그렇게 써놓고 나면 사람들이 그 내용이 설사 싫더라도 메시아를 총으로 쏘는 대신 그가 써놓은 것들을 불태우고 그 잿더미를 작대기로 휘휘 두들겨댈 수도 있는 거잖아? 또 사람들이 메시아가 써놓은 글을 진정 좋아한다면 그걸 시간 날 때 읽어보거나 냉장고 문에 써 붙여 놓거나 자신들한테 납득되는 개념들을 갖고 놀이를 할 수도 있는 거 아닐까? 글로 써놓는다는 거에 뭐 잘못된 거라도 있나? 하지만 뭐 내가 바보 같은 말을 하고 있는 것일 수도 있겠지."

"책으로 쓰라고?"

"안 될 게 뭐가 있나?"

"그게 얼마나 큰 작업인지… 알고 있는 거야? 내 남은 여생 동안 다시는 글을 쓰지 않겠다고 맹세했다니까!"

"아, 미안." 그가 말했다. "그랬군. 난 몰랐지." 그는 비행기 아랫날개에 올라선 다음 조종석으로 들어갔다. "자, 또 보세. 잘 견디게, 그게 중요해. 군중한테 괴롭힘당하지 말고. 책을 쓸 마음이 없다는 거 진심이야?"

"결단코. 한 마디도 쓰지 않을 거야."

그는 어깨를 으쓱하더니 비행 장갑을 끼고는 가속기를 앞으로 밀었다. 그러자 엔진 소리가 커져서는 나를 휘감으며 소용돌이쳤다. 내가 플리트의 날개 아래서 깨어났을 때도 여전히 꿈속의 엔진 소리가 귀에 울려댔다.

나는 혼자였다. 가을 새벽 세상 위로 첫눈이 아련하게 내리는 듯 들판은 고요했다.

그리고 나는 잠이 완전히 깨지 않은 상태에서 일지를 끌어당겨 재미 삼아 쓰기 시작했다. 다른 사람들의 세상에 왔던 어느 메시아, 나의 친구에 대해.

1

이 세상을 찾아온 **스승**이 있었다. 그는 거룩한 땅 인디아나에서 태어나…

옮긴이 군말*

지금 여기에서 유쾌하게 사는 지혜

여기 신는 옮긴이 해제는 리처드 바크의 작품《환상-어느 마지못한 메시아의 모험》을 제가 그동안 귀동냥 눈동냥 해온 것들을 통해 그리고《환상》이라는 작품 자체를 통해 나름 이해해보고자 하는 시도의 하나에 불과할 뿐 유일하고 올바른 해석이라고는 전혀 생각하지 않습니다. '이 친구는 이렇게 생각하는구먼' 정도로 봐주시면 좋겠습니다.

(※주의: 이 글에는 리처드 바크의《환상》에 대한 스포일러가 많이

---

* 김훈 작가의《저만치 혼자서》에서 빌려왔습니다.

담겨 있습니다. 따라서 《환상》을 먼저 일독하신 다음에 참고삼아 읽어보시길 권합니다.)

* * *

… 그대 역시 알게 되리라,

   그대 자신을 넉넉히 들어 올려

저 수평선들 너머를

바라볼

때.

(145쪽)

《환상》의 '액자 도서' 《메시아 지침서》에 나오는 이 구절은 전작 《갈매기의 꿈》에 나오는 격언 '가장 높이 나는 갈매기가 가장 멀리 본다'를 떠올리게 합니다. 책의 서두에서 리처드 바크 작가가 언급했듯이 《환상》은 《갈매기의 꿈》을 잇는 작품입니다. 주제와 메시지의 본질은 동일하지만 작품 배경이 갈매기의 세계에서 인간의 세계로 전환

되면서 전작보다 다채로운 이야기와 함께 그 메시지도 보다 더 깊어진 것을 독자 여러분도 느끼실 겁니다.

《환상》은《갈매기의 꿈》의 마지막 부분(새로 추가된 제4부)에서 거론된 주제를 이어가는 측면도 있습니다. 리처드 바크가《갈매기의 꿈》의 제4부 원고를 당초 불필요하다고 여겨 이 부분을 빼놓고서 3부로 구성해 출간한 후 완전히 잊어버리고 있었는데 수십 년이 지난 어느 날 우연히 그 원고가 발견되어 이를 포함한 완결판을 몇 년 전에 발간한 흥미로운 일화가 있습니다(Bach, 2014). 독자 여러분들 중에서는 아마도 이 마지막 부분을 읽으면서 실망과 희망이 교차하는 걸 느끼시는 분들도 계실 겁니다. 실망은 어떤 정신적(영적) 지도자가 '최상의 가르침'을 전해도 세대가 거듭되면서 진리를 퇴색시키고 박제시키고 마는 세상의 종교들이 보이는 모습이 연상되면서 느끼게 되는 것이겠지요. 하지만 우리는 희망도 느낄 수 있습니다. 마치 판도라의 상자 속에 희망이 남아 있었던 것처럼 말입니다. 보다 자세한 내용의 언급은《갈매기의 꿈》의 완결판을 아직 읽지 않으신 분들께 스포일러가 될 수 있으니 자제하겠습니다. 하지만《환상》을 읽으신 독자들께서는 아마도 이해가 되실 겁니다.

《환상》 제1장 - 주제 전체가 압축되어 있는 장

> 이 세상을 찾아온 스승이 있었다. 스승은 거룩한 땅
> 인디아나에서 태어나 …

이렇게 시작하는《환상》의 첫 장은 한 편의 짧은 우화 같기도 합니다. 많지 않은 내용이지만 책 전체의 주제가 압축되어 있습니다. 세상과 우리 존재의 진정한 본질, 삶의 의미, 자유, 선택과 책임, 이 세상에서 살아가기 위한 지혜 등을 짧은 이야기 속에 멋지게 담아내고 있습니다.

작가는《환상》의 첫 장에서부터 구세주(메시아) 신화의 형성 과정을 새로운 시각에서 보여주고 있습니다. 또한 첫 장을 일련번호가 붙은 33개의 문단으로 제시함으로써 그리스도교를 패러디하는 듯 보입니다(성서는 예수가 지상에서

33세의 생애를 살았다고 전하고 있음). 하지만 작가의 진정한 의도는 그러한 표면적 구조를 떠나 세상과 삶의 진실을 전달함으로써 우리의 영혼을 자유롭게 하는 데 도움을 주는 것에 있다고 봅니다. 즉, 영성, 심층종교, 영원의 철학 등으로 불리는 그 무언가 본질을 찾아 떠나는 정신의 모험을 권유하는 것이지요.

  첫 장 중간쯤에 '스승'은 어떤 사람의 질문에 대한 답변으로 짧은 우화 하나를 들려줍니다. 강바닥의 바위나 가지에 매달려 살아가는 생명들이 있는데 그들은 그러한 삶이 바뀔 수 없는 것이라고 믿고 있습니다. 하지만 그러한 지루한 삶을 견딜 수 없어 하며 수정 같이 맑은 강의 흐름에 대해 어떤 신뢰를 품은 한 생명이 위험을 감수하고 손을 놓아버리자 강바닥에 붙어 있는 생명들은 그를 비웃습니다. 지루해서 죽는 것보다 더 빨리 죽고 말 거라고 말이죠. 손을 놓은 생명은 처음에는 좀 이리저리 부딪쳤지만 곧 강물에 의해 떠올려져 강의 흐름을 타고 자유롭게 나아가게 됩니다. 이를 본 강바닥의 생명들은 그를 가리켜 '구세주'라고 부르면서 자신들을 구원해달라고 외칩니다. 그들을 향해 당신들도 나와 똑같은 존재라고 얘기해줘도 진실을 귀담아 듣지 않고 '구세주의 전설'을 만들어갑니다.

이러한 현상은 《환상》의 우화에만이 아니라 실제로 여러 종교에서 목격할 수 있는 현상입니다. 심리학자 에이브러햄 매슬로도 이에 대한 통찰을 보여준 바 있습니다(Maslow, 1994). 성서비평학자이자 베스트셀러 작가이기도 한 바트 어만도 여러 저술을 통해 이 점을 밝히고 있습니다(Ehrman, 2005/2009/2014). 이러한 측면에 대해 러시아의 대문호 도스토옙스키도 《카라마조프 씨네 형제들》의 액자 소설 「대심문관」을 통해서 신랄하게 비판하고 있습니다. 여기서 세속화된 교회 권력을 대변하는 대심문관이 오히려 예수를 질타하는데, 그 이유는 무력한 인간들을 너무 과대평가하고 무거운 짐을 지웠다는 것이지요. 서구에서 그리스도교가 정신적 지주 역할 상실한 배경을 여실히 보여주는 것 같습니다. 두 차례의 세계대전은 그러한 몰락을 더욱 가속화했지요. 그래서 요즈음 '영성을 추구하지만 종교에는 참여하지 않는SBNR, spiritual but not religious' 이들이 늘어가는 것일 수도 있겠습니다. 종교철학자인 길희성 교수 역시 그러한 측면을 반영한 '영적 휴머니즘'을 최근 주창하고 있기도 합니다(길희성, 2021a).

> 영적 휴머니즘은 인간은 본래 하느님의 모상으로 창조된 존재로서, 모두 하느님의 고귀한 자녀라는 예수 자신의 가르침에 근거한 휴머니즘이다. 이러한 영적 인간관은 또 불교, 힌두교, 그리스도교, 유교 등 세계의 모든 주요 종교전통의 공통적인 핵심이다. … 영적 휴머니즘은 이미 사망선고를 받아 역사의 뒤안길로 사라져버릴 종교에는 큰 관심이 없다. 하지만 영어 속담에도 있듯이, 영적 휴머니즘이라는 '아기'를 종교라는 '목욕물'과 함께 버려서는 안 된다.
>
> (길희성, 2021, pp. 18-19.)

종교가 온갖 분쟁의 주요한 원인의 하나로 작용하기도 하지만 종교의 핵심에 대해 이렇듯 다원론적 시각에서 접근하는 태도는 참된 진리가 무엇인지를 찾아가는 과정으로서뿐만 아니라 세상의 평화를 위해서도 매우 소중한 접근 방식이라고 여겨집니다(김경재, 2003; 정양모 외, 2003). 페르시아의 시인 허페즈는 이렇게 노래합니다.

> 나
> 신에게 참 많이도
> 배웠다네
> 내가 더는 나를
> 그리스도인으로도, 힌두교도인으로도,
> 무슬림으로도,
> 불교도로도, 유다교인으로도
> 부를 수 없음을.
> ―허페즈(Smith, 2011, 재인용)

《환상》의 도입부인 1장에서 '메시아' 도널드 쉬모다가 앞서의 우화를 통해 모든 사람이 자신과 똑같이 하느님의 자녀요 동일한 권능을 갖고 있다는 가르침을 전했음에도 불구하고 군중들은 그에게 의존만 하려 하고 재미삼아 기적을 보여주기만을 간구합니다. 그 다음 아시겠지만 재밌는 반전이 일어납니다. 쉬모다가 메시아 노릇을 그만두는 것이지요(물론 이후에 전개되는 스토리에서 리처드라는 친구를 은근슬쩍 가르치며 비공식적인 '똘똘한 제자' 한 명으로 길러내고 '스승'으로 인가도 합니다).

잠시 여기서 제가 선택한 번역어에 대해 간략히 언급하고 가는 게 좋겠군요. 먼저 도널드와 리처드가 처음에는 높임말을 쓰다가 서로 낮춤말로 바꾸는데 이는 이들의 관계가 본질적으로 스승과 제자의 관계라기보다는 친구 관계이기 때문입니다. 저는《환상》을 번역하면서 대여섯 종의 기존 번역서들을 참고했는데 서로 높임말을 하는 번역도, 서로 낮춤말을 하는 번역도, 또 메시아 '출신' 도널드가 리처드에게 낮춤말을 하고 리처드는 도널드에게 높임말을 하는 번역도 있었습니다. 그런데《환상》이라는 작품의 의도가 우리 모두 '하느님의 자녀'로서 똑같은 권능과 자유를 부여받았고 똑같이 사랑받고 있다는 메시지를 전달하는 것에 있음을 상기할 때 기본적으로 서로 평등한 언어를 사용하는 게 당연하다고 생각했습니다. 이러한 경향은《도마복음》이나 신약성경을 새롭게 번역한 사례들에서도 볼 수 있습니다(오강남, 2009; 이현주 2021). 더군다나

책 전체를 읽어보신 분들도 느끼시겠지만 두 사람은 친밀한 우정을 나누는 사이이고 서로를 벗으로 부릅니다. 따라서 저는 주인공 두 사람이 서로 평등한 관계이자 친구이기 때문에 서로 편안하게 낮춤말을 하는 번역을 선택하였습니다.

또 한 가지 중요한 용어로서 그리스도교 맥락에서 영어의 'the Master'는 보통 '주님'으로 번역되지만 본서에서는 비슷한 맥락들 안에서 대문자뿐만 아니라 소문자로, 또 단수 아닌 복수 형태로도 쓰이고 있고 앞서 언급한 《환상》이라는 작품의 기본 메시지를 감안할 때 '스승'으로 번역하는 게 가장 무난하다고 판단했습니다. 참고로 성서학자들은 공관복음서에 선행하는 어떤 자료 존재했으리라 추정하였는데(Q자료 또는 큐복음서(김용옥, 2008a) 마침 20세기 중반 이집트에서 우연히 발견된 나그함마디 문서들 중 하나인 《도마복음》의 내용과 상당 부분이 서로 일치한다는 사실이 밝혀졌습니다. 이러한 선행 자료들에 따르면 예수는 묵시담론보다는 지혜담론의 교사로서 부각된다는 점(김용옥, 2008b)을 참고할 만합니다. 끝으로 'God' 역시 도올 선생이 주장하듯 "자연스러운 우리말"(예: 아들님 → 아드님, 딸님 → 따님, 하늘님 → 하느님)이자 "모든 종교에 공통으로 쓰일 수 있는 보편언어"인 '하느님'으로 옮겼습니다(김용옥, 2021b).

환상 대 실재

> "이 세상? 그리고 이 세상 안의 모든 것들? 환상이야, 리처드! 세상의 모든 게 환상이야! 이해가 되나?"
>
> (84쪽. 강조 부분은 작가의 표시)

이 세상은 모두 '환상'이고 시공간을 넘어선 무언가가 진정한 '실재reality'라고 주장하는 도널드 쉬모다는 분명 급진적인 비이원론자로 보입니다. 모든 현상을 물질(또는 에너지)의 현현으로만 여기는 유물론적 과학자들의 입장과는 정반대에 서 있는 것이지요. 하지만 쉬모다의 비이원론은 새로운 게 아닙니다. 비이원론非二元論, non-dualism은 기존의 주요한 종교들 안에 '일원론'이나 '신비주의' 등으로 불리는 가르침들(예: 베단타의 불이일원론不二一元論, advaita, 신플라톤주의, 마이스터 에크하르트, 수피즘 등) 속에 대개 비주류이긴 하지만 면면히 흘러온 전통이라고 할 수 있습니다. 흥미롭게도 20세기 후반에 미국 컬럼비아대학과 소속 병원에서 근무하던 두 명의 임상심리학자에 의해 기록된, 켄 윌버나 로저 월쉬와 같은 유수한 학자들이 현대 심리영성의 고전으로 부르는《기적수업》에도 그러한 비이원론의 가르침이 생생하게 살아 있습니다. (우연일 수도 있겠으나 리처드 바크가《갈매기의 꿈》과《환상》의 '영감'을 얻은 시기와 두 심리학자가《기적수업》을 '필사scribing'했던 시기가 묘하게 겹칩니다. 덧붙이자면 여기서 '기적'은 그리스도교의 성서나《환상》에 나오는 그런 외적 현상보다는 훨씬 더 포괄적인 의미이고 본질적으로는 우리의 '마음의 참된 변화'와 관련이 있습니다.)

 비이원론이 주장하는 것처럼 과연 이 세상 모든 게 환상이고 우리는 모두 이 '매트릭스'와 같은 환상을 실재라고 착각하며 살아가고 있는 것일까요? 아니면 이런 주장 자체가 심각한 망상에 불과한 것일까요? 저는 여기서 어떤 게 옳다고 주장할 생각은 없습니다. 일단 우리 자신이 엄연히 경험하고 있는 물질 세상과 현실을 무조건 부정한다면 오히려 위험에 빠질 수 있기 때문입니다. 자아초월 심리치료에서는 이러한 위험을 가리켜 '영적 우회spiritual bypass(-ing)'라고 합니다(Welwood, 2000). 일종의 '종교(영성) 중독'에 빠져 심리적 문제들을 회피하는 현상을 가리킵니다. 공생애가 시작되기 전에 예수를 사막에서 유혹했던 '사탄'이 사실은 예수의 그림자, 즉 심리적 문제였다는 흥미로운 견해도 있습니다(Smith, 2011). 따라서 우리는 자신이 심리적 문제를 회피하기 위해 종교나 영성을 이용하고 있는지, 아니면 심리적으로 충분히 성숙한 가운데 보다 깊은 삶의 의미를 탐색하기 위해 종교나 영성을 추구하고 있는지 각자 잘 분별할 필요가 있을 것 같습니다.

물론 심층종교나 진실한 영성의 체험이 밤하늘에 빛나는 별처럼, 파도가 몰아치는 캄캄한 밤의 등대처럼 구원과 해방의 길이 있음을 보여주는 상징이 될 수 있음을 부정하고 싶지는 않습니다. 다만 그러한 체험을 하더라도 그러한 체험을 반복하는 데 집착하거나 올인하는 것이 아니라 심리적 건강을 잘 살피고 정신적 성장을 모색하는 것도 병행해야 하지 않을까 하는 것입니다. 발달심리학자들의 연구에 따르면 인간은 인지, 정서, 도덕, 영성 등 다양한 발달라인을 통과하며 성장해갑니다. 참고로 우리는 종종 영적 지도자로 불리는 분들이 사회적 문제를 일으키는 경우를 볼 수 있는데 이는 영성라인은 어느 정도 발달했지만 다른 발달라인들이 제대로 성숙하지 못해 심리적으로 건강하지 못한 상태에 있기 때문에 발생하는 문제로 보입니다. 《환상》에서도 볼 수 있듯이 메시아 역할을 맡았던 도널드 쉬모다도 여전히 배움을 계속해가고 있음을 우리는 알 수 있습니다. 그래서 "모두 배우는 자요, 행하는 자요, 가르치는 자"라는 《메시아 지침서》의 메시지가 그래서 더욱 와닿기도 합니다. 아마도 '하느님의 가슴속으로 완전히 사라지기'(마이스터 에크하르트) 전까지는, '신에게 완전히 정박하기'(파라마한사 요가난다) 전까지는 우리의 배움의 과정은 계속되는 것이겠지요.

　어느 장면에선가 쉬모다가 물리학에 대해 스치듯 언급하고 지나가는 대목이 있는데요, 양자역학과 신비주의 사상과의 연관성에 대해서도 여러 연구나 소개하는 자료 들이 있습니다(Capra, 1975; Zukav, 1979; Wilber, 1984; Mansfield, 2008). 최근에는 양자역학을 개념화하던 초기 이론물리학자들의 고투와 동양의 신비사상의 연관성을 논픽션소설이라는 형태로 매우 흥미롭게 묘사한 작품이 부커상 후보가 되기도 했습니다(Labatut, 2020). 최신 물리학 이론과 오랜 정신 전통의 가르침과의 상사성相似性은 정말 흥미롭습니다. 물론 둘이 같은 거라고 섣불리 결론 내리는 일은 피해야겠지만 말입니다.

아울러 기존의 물질주의 또는 유물론의 뿌리를 뒤흔드는 근사체험(임사체험)near-death experience이라는 새로운 현상도 20세기 후반부터 널리 보고되고 있습니다(이 시기부터 심폐소생술이 활용된 게 직접적인 계기라고 합니다). 이러한 경험을 하는 사람들은 분명히 뇌가 정지한 상태에서도 어떤 경험들을 하고 그에 대한 생생한 기억을 유지하며 심지어 삶에 대한 태도를 근원적으로 바꾸기까지 합니다(Moody, 1975; 立花隆, 2000; Kübler-Ross, 2004; 최준식, 2006; Alexander, 2012; Moorjani, 2012; 정현채, 2018). 물론 철저한 유물론적 입장에 서 있는 과학자들은 이를 '뇌내 현상'으로 치부하기도 합니다. 하지만 철학박사로서 임사체험을 한 학생들의 얘기에 호기심을 느껴 다시 또 의학박사 학위를 취득하고 임사체험에 대한 본격적인 저서를 세계 최초로(엄밀히는 플라톤이 《국가》에서 어느 부족의 에르라는 남자가 죽었다가 되살아온 얘기가 최초일 것 같습니다(박종현, 2005)) 출간한 레이몬드 무디의 여러 저술들(Moody, 1975; Moody & Perry, 1988; Moody & Perry, 1991), 죽음학과 호스피스 운동의 창시자라 할 수 있는 정신과의사 엘리자베스 퀴블러-로스의 보고서(Kübler-Ross, 2004), 미국 유수의 대학에서 훈련받고 또 가르쳐온 신경과학자 이븐 알렉산더가 직접 경험했던 근사체험(Alexander, 2012)을 간단히 무시하는 것은 과학이 추구하는 정신에 어긋나는 일이 아닐까 싶습니다.

> 브라흐만은 순수하고, 절대적이며, 영원한 실재이다. "그대가 그것이다." 그대 의식 안에서 이 진리에 대해 명상하라…
> ─상카라(Huxley, 1944/1945, 재인용)

우리의 진정한 정체성이 정신mind 또는 영spirit이라는 입장, 즉 우리가 "영적인 경험을 하는 인간 존재가 아니라 인간적 경험을 하는 영적 존재"(이 말을 떼야르 드 샤르댕이 했다는 주장도 있지만 실제로는 웨인 다이어가 최초의 발화자로 추정됩니다)라는 입장을 받아들이는 분들은 《환상》에서 도널드 쉬모다가 주장하듯 우리는 아마도 여러 생을 살아가는 존재, 즉 '환생'을 거듭하는 존재라는 관점에 대해 보다 더 개방적인 입장을 취할 수도 있겠습니다. 인간이 환생한다는 생각은 힌두교나 불교에서 흔히 접할 수 있는 주장입니다. 심지어는 그리스도교의 신약성서에도 일부 그 흔적이 남아 있습니다. 즉, 태어날 때부터 장님인 사람에 대해 그가 부모의 죄로 인해 장님이 된 것인지 아니면 자신의 죄로 인해 그리 된 것인지 예수에게 묻는 장면이 나옵니다(요한복음 9: 1-2).

환생이라는 주제와 관련하여 미국 버지니아대학에 재직하던 정신과의사 이안 스티븐슨은 과학적 조사기법을 활용하여 전생을 기억하는 아이들을 연구한 바 있습니다(Stevenson, 2000). 이러한 그의 노력은 버지니아대학 의과대 누리집에 저장된 관련 영상들을 통해 살펴볼 수 있습니다(참고문헌 참조). 이 누리집에서는 ABC 뉴스에도 보도되었던 제2차 세계대전 당시 전투기 조종사로서의 전생을 기억하는 소년의 동영상도 있습니다(「The Case of James Leininger」: 버지니아대학 의과대 누리집[본 해제의 참고문헌 참조] 및 유튜브 영상 다수). 이밖에도 심리학이나 종교철학 등 여러 분야의 학자들이 윤회에 대해 연구하거나 소개하고 있습니다(Cerminara, 1988; Bache, 1998; 최준식, 2017). 아울러 브라이언 와이스와 같이 전생이나 영혼, 넓게는 동양의 지혜를 심리치료에 활용하는 정신과의사나 정신건강 전문가들도 있습니다(Assagioli, 1975; Weiss, 1988; Mindell, 2002; Newton, 2004; 김영우, 2009/2020; Schwartz, 2021).

그런데 이 세상이 환상이라면 실재는 어디에 있는 것일까요? 땅 밑에 있는 것일까요? 하늘 위에 있는 것일까요? 그곳은 죽어서만 갈 수 있는 곳일까요?《도마복음》에서 예수는 "아버지 나라는 지상에 펼쳐져 있으나 사람들이 보지 못하"고 있다고 얘기합니다(이규호, 2022). 실재나 극락이나 천국은 어떤 사후의 세계가 아니라는 말입니다. 지금 여기에서 언제나 볼 수 있는 세계입니다—우리가 준비가 되어 있다면, 우리가 육안$_{肉眼}$과 심안$_{心眼}$을 넘어 영안$_{靈眼}$을 열었을 때 가능한 세계입니다. 이때 그저 태어나고 죽는 현상은 그리 중요한 의미를 갖지 못하겠지요. 실재는, 우리의 진정한 정체성은 태어나지도 죽지도 않는 그 무엇이기 때문입니다. 오랜 신비 전통들과 《환상》의 주인공 도널드 쉬모다가 얘기하는 실재가 바로 그걸 의미하는 것으로 보입니다.

인간의 발달 또는 성장:
니체의 차라투스트라와 트랜스퍼스널 심리학

> 나는 그대들에게 정신의 세 가지 변신에 대해 말하고자 한다. 어떻게 정신이 낙타가 되고, 낙타는 사자가 되며, 사자는 마침내 아이가 되는지를. (Nietzsche, 1883-5(이진우 역))

니체는 《차라투스트라는 이렇게 말했다》에서 자신의 분

신 차라투스트라의 입을 빌어 인간의 정신이 세 가지 과정을 거쳐 성장해간다는 주장을 폅니다(Nietzsche, 1883-5). 낙타에서 사자로, 사자에서 아이로 발전해간다는 것이지요. 낙타의 단계에서는 세상의 가치에 복종하고 세상에 적응하는 것을 배워가는 단계입니다. 사자는 기존의 모든 가치에 의문을 제기하는 '신성한 부정'을 수행하면서 새로운 가치의 창조를 위한 공간을 확보하고자 하는 단계입니다. 그리고 아이는 '신성한 긍정'을 통해 창조적 유희를 하는 단계입니다. 이 세 가지 변화를 우리의 정신이 언제든 선택할 수 있으며 언제든 바뀔 수 있다는 입장(백승영, 2022)도 있고 영적인 발달 단계들로 보는 입장(Wapnick, 2009)도 있습니다. 자아초월 심리학의 이론가로서 출발하여 통합[통전] 사상가로서 성장해온 켄 윌버가 여러 저서에서 언급하고 있듯이 상태 states와 단계 stages는 구별되면서 또 함께 가는 측면이 있다고 봅니다. 즉, 어떤 상태가 반복되고 충분히 축적되면 단계로 전환 또는 변용 transformation된다는 생각입니다. 이는 칼 마르크스가 주장한 '양질전환의 법칙'과도 일맥상통하는 얘기인 것 같습니다.

한편 욕구의 5단계로 잘 알려져 있는 에이브러햄 매슬로는 심리상담 분야에서 커다란 영향을 끼쳐온 칼 로저스와 함께 인본주의 심리학회를 창설하였습니다. 하지만 말년에 이르러 여섯 번째 발달 단계로서 트랜스퍼스널[자아초월/초개인] 단계가 있음을 주창하며 트랜스퍼스널 심리학회를 다시 또 창설하였습니다(유니온 신학대에 다녔지만 중국 방문 이후 기독교를 떠났던 칼 로저스는 자아초월심리학 운동에 참여하지 않았지만 그 자신 초월적·영적 체험들을 하였고 또 심리상담에서 영성의 역할을 중시하였습니다). 트랜스퍼스널 심리학에서는 인간이 전개인前個人, prepersonal에서 개인個人, personal 단계로, 개인에서 초개인超個人, transpersonal 단계로 발달해간다고 봅니다(Wilber, 1996; Scotton, 1996; Assagioli, 2008). 여기 '전개인'은 자아가 충분히 형성되지 않은 단계, '개인'은 자아가 충분히 형성된 단계, '초개인'은 통상의 자아가 기능은 하지만 주도권을 보다 상위의 발달 상태가 갖는 단계를 의미합니다.

앞서 니체의 분신인 차라투스트라가 얘기한 정신의 변화 또는 변용을 언급했습니다만 사실 "인간은 짐승과 초인 사이에 놓인 밧줄"이라는 표현이 트랜스퍼스널 심리학에서 말하는 발달 단계인 전개인-개인-초개인과 더 쉽사리 겹쳐지는 것 같습니다. 그리고 정신의 변용과 비교한다면 낙타는 전개인에서 개인에 이르는 단계, 사자는 개인과 초개인의 사이를 잇는 과정, 아이는 초개인(니체의 표현으로는 초인(위버멘쉬)인데 이때 초인은 'superman'이 아니라 'overman', 즉 사람을 넘어서는/넘어가는 존재를 의미(Wapnick, 2009)) 단계를 가리킨다고 볼 수도 있습니다.

이러한 발달 관점들을 《환상》에 대입해본다면 메시아 또는 스승이 모든 걸 떠 먹여주기만을 바라는 사람들, 도널드 쉬모다를 종교적·도덕적으로 비난하고 총으로 쏴죽인 사람들은 아직 낙타의 단계에 머물고 있는 것이겠지요. 세상에서 주입한 가치에 아직 머무르고 있으니까요. '스승'을 만나기 전에 복엽기를 타고 집시 비행사의 삶을 살아가며 가슴 깊이 외로움을 느끼는 리처드는 사자와 아이 사이의 ㄱ 어디쯤에 있었던 것 아닐까요. 그리고 도널드 쉬모다는 당연히 아이의 단계, 뭔가 창조적인 배움을 향해 나아가고 초월해가는 단계에 이르렀다고 볼 수 있겠습니다. 작품 후반에서 리처드 역시 아이의 단계에 합류하는 모습을 우리는 볼 수 있습니다. 우리 각자는 어느 단계에 있는 것일까요?

자유나 방종이냐

   세상은

그대의 연습장이다. 그대는

 여기에다 계산을 해볼 수 있다.

  세상은 실재가 아니다.

     하지만 그대가 원한다면 세상에다

실재를 표현해볼 수 있다.

    그대는 또한 자유롭게

헛소리나 거짓말을 써볼 수도 있고

  연습장의 일부를 찢어버릴

     수도 있다.

'자유냐 방종이냐'는 공식 교육에서 흔히 가르치는 주제라고 생각합니다. 따라서 이러한 교육을 받은 분들은 당연히 도널드 쉬모다가 "이건 중요해. 우리는 모두. **자유롭게. 할 수 있어. 우리가 하길. 바라는 것을. 그게 무엇이든 간에.**"(강조는 저자 표시)라고 말하는 대목을 읽을 때 어떤 거부감이 올라올 수도 있습니다. 비록 환상의 세계가 실재에 전혀 영향을 미치지 못한다 할지라도 말입니다. 하지만 쉬모다의 말은 우리가 실재 또는 궁극적 현존에게서 사랑받고 있으며 우리의 진정한 본성에 따라 살 수 있는 자유를 부여받았음을 전하고자 하는 메시지이지 아무렇게나 방종한 삶을 살아도 된다는 의미는 당연히 아니라고 생각됩니다. 그래서 쉬모다는 '비슷한 존재는 서로를 끌어당긴다'는 대목에서 이렇게 말합니다.

> "그저 **진정한** 자네 **자신으로 있어 봐**—침착하고 **명료**하고 밝은 상태에 머물러 있는 거야. … 진정한 자신이 되어 **빛을** 발할 때, 이 일이 진정으로 내가 원하는 것인가 묻고 그 대답이 '**예스**'일 때만 그 일을 하는 거야." (179쪽. 강조는 옮긴이)

우리가 현상계 또는 상대계에서 자유를 행사할 때—물론 절대계 또는 궁극적 실재 차원에서는 언제나 '자유로운' 선택을 하고 있겠지만—도널드 쉬모다의 지침은 중요한 방향을 제시합니다. 진정한 자기 자신, 즉 참나의 상태에서 선택하고 행동하는 것입니다. 이는 도널드가 신성한 이기심이라고 얘기한 맥락과도 동일한 것 같습니다. 진정으로 자신에 충실한 태도와 행동을 가리키는 것이지요. 공자도 이와 동일한 경지를 "일흔에 마음이 바라는 바대로 좇아도 되었고, 할 바를 넘어서지 않았다."(윤재근, 2004)라고 묘사한 바 있습니다. 우리가 에고에 휘둘리지 않고 진정한 자기 자신이 될 때 우리의 의지와 궁극적 실재[현존]의 의지 또는 하늘[하느님]의 의지는 둘이 아니라 하나이기 때문일 것입니다. 물론 우리가 그러한 경지에 도달하기 위하여 일흔이 될 때까지 기다린다고 이루어질 수는 없겠지요. 쉬모다가 말하듯이 '약간의 이론과 많은 수행'이 필요하겠지만요.

위의 인용구에서 쉬모다 선생은 '진정한 나'의 특징으로 침착함, 명료함, 밝음. 빛 등으로 묘사하고 있는데 장자非

子 선생의 말씀 한 구절이 떠오릅니다—"위대한 도란 말로 표현하지 못하며, 위대한 이론은 말로 나타내지 못하는 것이다. 위대한 어짊은 어질지 않은 듯하고, 위대한 청렴은 겸손하지 않은 듯하며, 위대한 용기는 남을 해치지 않는다."(莊子, 김학주 역, 2010).

또한 영성과 심리치료·심리상담을 잘 결합한 접근 중 하나로서 심리학자이자 하버드대학 의과대 교수인 리처드 슈워츠가 개발한 내면가족체계치료 interneal family systems therapy에서도 비슷한 제안을 하고 있습니다. 슈워츠 교수는 참나Self의 특성을 여덟 가지 'C' 단어, 즉 창조성creativity, 용기courage, 호기심curiosity, 연결감connectedness, 자비compassion, 명료함clarity, 평정심calmness, 자신감confidence등으로 제안하고 있고, 아울러 기쁨, 용서, 감사 등도 참나의 특성에 포함될 수 있다고 언급합니다(Schwartz, 2021: 일반 독자를 위한 내면가족체계(IFS) 모델 소개서로서 2022년 가을 《나쁜 마음은 없다》(가제)라는 제목으로 번역 출간 예정).

자유와 평등, 그리고 진리

> 사람들이 그를 구세주라고 부를 때 … 그는 논리적으로 설득하려고 했지. '좋습니다, 난 하느님의 아들 맞습니다. 하지만 당신들도 모두 하느님의 자녀입니다. 난 구세주입니다, 그리고 당신들도 마찬가집니다! 내가 하는 일들을 당신들도 해낼 수 있습니다!' 바른 마음 상태에 있는 사람들이라면 누구나 그 말을 이해하겠지. (57-8쪽)

성서에 따르면 예수는 천국에 대해 가르칠 때 일꾼을 찾아 나선 포도밭 주인에 비유한 바 있습니다(마태오 복음[마태복음] 20: 1-16). 일꾼들을 고용한 포도밭 주인은 일찍 온 일꾼이나 늦게 온 일꾼이나 똑같은 품삯을 줍니다. 이 '이상한 농장주'는 왜 '공정'하지 않게 일꾼들을 대우하는 걸까요? 중세 독일의 신비주의자 마이스터 에크하르트는 이렇게 설교하고 있습니다.

> 하느님은 만물에 평등하게 주시며 그들은 하느님으로부터

흘러나오기 때문에 평등하다. … 이 평등성을 너무 즐거워하셔서 그는 자기 안의 전 본성과 존재를 평등성 속으로 부어 넣으신다. … 그는 평등성 자체이기 때문이다.

(길희성, 2021b, 109쪽)

모든 존재가 평등하다는 게 하늘의 뜻입니다. 여기에 더해 예수는 진리가 우리를 자유롭게 해준다고 가르쳤습니다(요한복음 8:31-2). 우리가 하느님의 사랑을 평등하게 골고루 받는 게 진리이고 이를 알고 실천할 때 우리는 진정 자유롭게 된다고 새겨도 좋지 않을까요?

물론 우리는 평등을 '오용'한 시절을 기억합니다. 조지 오웰이 전체주의 정치에 대한 경고를 담아 쓴 걸작 《동물농장》을 읽으신 분들은 아실 겁니다. 평등한 '동물권'을 위하여 '혁명'이라는 거사를 벌여 권력을 장악한 돼지들은 점점 변질되어가다가 마침내 모든 동물은 평등하지만 어떤 동물들은 다른 동물보다 '더 평등하다'고 선언하며 원래의 혁명 정신을 배신하는 모습을 보입니다. 이러한 오웰의 경고는 예전은 물론 지금도 여전히 유효하겠지요―좌나 우를 가릴 것 없이 말입니다.

우리 모두가 사랑하는 시인 윤동주의 절친이자 독립 후에는 한국신학대학(현 한신대)에서 '광채나는 해맑은 모습'으로 도올을 비롯한 학생들을 가르쳤던 당대 '구약학의 대가' 문익환 목사(김용옥, 1999)가 독립투사 출신의 또 다른 절친 장준하 선생이 엄혹한 박정희 독재체제에서 의문사를 당하고 난 뒤 민주화 운동에 투신한 이야기는 잘 알려져 있습니다. 그러한 문 목사가 자유와 평등에 대한 탁견을 옥중 편지를 통해 밝힌 적이 있습니다. 자유와 평등의 관계가 수화상극水火相剋의 관계일 수 없다는 것, 즉 우리는 물水만으로도 살 수 없고 불火만으로도 살 수 없다면서 다음과 같이 적고 있습니다.

> 자유와 평등도 꼭 그와 같은 거 아니겠습니까? 자유를 거부하고 평등만으로 살 수 없고 평등을 거부하고 자유만으로 살 수 없는 거니까요. 평등을 거부하는 자유는 이미 자유가 아닌 거고 자유를 거부하는 평등은 평등이 아닌 거거든요.
>
> (문익환, 1991, 70쪽)

우리 인류가 겪고 있는 혼란의 일정 부분은 이러한 평등의 가치와 자유의 가치를 조화롭게 적용하지 못한 데서 비롯된 것이 아닐까 생각해봅니다.

선택과 책임

> 그대는 언제나
> 마음을 자유롭게 바꾸어 다른 미래를,
> 또는 다른 과거를
> 선택할 수
> 있다.
>
> (77쪽)

의식적으로든 무의식적으로든 우리가 이러한 삶을 선택하였다는 게《환상》의 주요한 메시지 중 하나입니다. 영화 시스템을 보면 마치 영화의 제작자나 배급업자나 다양한 역을 맡은 배우들이 있듯 우리는 세상이라는 무대에서 각자의 역할을 선택해서 연기하고 있다는 것이지요. 사실 셰익스피어가 우리의 삶을 연극무대와 배우에 비유한 것과 크게 다르지 않은 얘기입니다. 연극이나 영화가 실제가 아니라 꾸며낸 것이듯 우리의 삶 역시 그렇다는 것이겠지요. 우리가 이러한 '꿈'을 꾸는 이유는 배움이나 즐거움을 위해서라고 도널드 쉬모다는 설명합니다. 결국 우리는 이 세상에 배우러 오고 즐기러 온다는 것이지요(그 즐거움이 진정한 자신이 되는 것에서 오는 '진짜 즐거움'일 수도 있겠고 '에고'라는 가짜 정체성에서 나오는 '가짜 즐거움'일 수도 있을 겁니다). 즐거움을 선택한 건 (특히 에고의 경우) 무의식적일 수 있겠지만 배움에는 우리 내면의 '바른 마음'의 의식적인 노력이 필요할 것 같습니다.

그런데 "다른 과거를 선택할 수 있다"는 말은 무슨 의미일까요? 아마도 의식의 수준이 변화하면서 과거를 새로운 관점에서 바라보고 수용하고 통합하는 것을 의미하는 것일 수도 있을 것 같습니다. 심리상담을 받으러 오시는 내담자來談者, clients들께서 마음의 치유가 진행되는 과정에서 그러한 체험을 하시는 걸 우리는 목격하게 됩니다. 우리 안의 진정한 나, 즉 참나가 관조적인 역할만이 아니라 능동적인 치유자의 역할도 맡음으로써 지금 여기에서 어떤 변용이 일어나게 됩니다. 조만간 국내에 소개될 《집단 트라우마 치유하기: 초세대적·사회문화적 상처들의 치유와 통합을 위한 과정(가제) *Healing collective trauma: a process for integrating our intergenerational and cultural wounds*》의 저자 토마스 휘블은 이러한 치유작업을 통해 "그림자 안에 갇혀 있던 빛과 에너지를 해방시키게 된다"고 말합니다(Hübl, 2020).

우리에게 널리 알려져 있는 오스트리아의 정신과의사 빅토르 프랑클은 우리 삶에서 중요한 '고차원의 정신적 차원noetic dimension'으로서 창조가치와 체험가치와 태도가치 세 가지를 들었습니다(정인석, 2020). 여기서 창조가치는 '사람이 무엇을 창조해 내거나 인류사회를 위해서 무엇인가를 기여함으로써' 실현됩니다. 체험가치는 '진·선·미의 체험이나 인간의 만남과 체험을 통해서' 실현됩니다. 태도가치는 프랑클이 가장 중시한 가치로서 다음과 같은 의미를 갖습니다.

> 사람이 이제는 어떻게 대처할 수도 없고, 피할 수도 없는 운명에 직면했을 때, 이 운명이 나에게 어떤 태도를 취할 것이며, 운명을 어떻게 수용하고 자기 인생을 어떻게 만들어갈 것인가의 물음을 던졌을 때 이에 대하여 결단을 내려 취하는 태도에 의해서 실현되는 가치이다. (정인석, 2020)

엄혹한 나치 수용소에 끌려간 상황에서도 위와 같은 태도가치를 유지했던 프랑클을 떠올리면서 저는 우리 현대사에서 두 사람을 떠올리게 됩니다. 전태일 열사와 윤상원 열사입니다. 한 분은 대구 출신이고 또 한 분은 광주 출신이지요.

전태일은 자신이 가진 걸 모두 동원해서 어린 시다들을 도와주려고 했지만 결국 사회와 국가의 무관심이라는 두꺼운 벽에 부딪히고 맙니다. '나는 너다'라고 생각하는 '아름다운 청년 전태일'의 커다란 사랑은 결국 자신의 몸을 불사릅니다(조영래, 2020; 박광수 1995). 이후의 역사에서 볼 수 있듯이 전태일의 선택은 노동자의 권리와 인권 향상에 커다란 기여를 했습니다.

윤상원은 계엄군의 잔학 행위와 학살에 대응한 광주민주화운동 과정에서 시민군의 대변인 역할을 맡았습니다. 시민군은 도청을 사수할 수 없다는 사실을 잘 알고 있었고 윤상원도 그 중 한 명이었습니다. 그럼에도 불구하고 그들은 도청에 남아 죽음을 맞이했습니다. 역사가 그들을 기억하리라는 믿음을 갖고 있었기 때문입니다. 이들의 선택은 결국 몇 년 후 강동원 주연의 영화 〈1987〉에서 보듯이 수십 년간의 군사독재에 종말을 고하고 민주주의를 회복하는 데 지대한 영향을 미쳤습니다(황석영 외, 1985/2017; 장준환, 2017)

이와 같이 외적으로 모든 것이 절망적으로 보이는 순간에도 우리에게는 선택할 자유와 힘이 있습니다. 우리의 태도를 선택할 수 있습니다. 우리가 선택하는 힘을 가진 존재라는 관점에서 삶을 바라본다면 우리는 더 이상 세상의 희생자가 아니라 세상을 만들어가는 주체로서 언제든 새로운 선택을 할 수 있게 됩니다. 어느덧 여러 해가 지나갔음에도 여전히 생생하고 여전히 가슴 아픈 세월호 참사가 기억납니다. 당시 억울하고 황당한 사태에서도, 죽음을 눈앞에 둔 상황에서도 많은 이들이 서로 도우려고 애썼다는 사실을 우리는 알고 있습니다. 세월호의 진실은 계속해서 밝혀나가야겠지만 그러한 상황에서도 빛나는 영혼들의 아름다운 마음을 가슴에 담아봅니다. 그리고 아메리카 원주민들이 우리에게 전해준 아름다운 노래 〈천 개의 바람이 되어〉를 통해 알려주듯 그 모든 영혼들이 우리 곁에 살아있다고 느낍니다.

  우리는 앞서의 예에서와 같이 진정한 자신으로서 훌륭한 선택을 할 수도 있지만, 어떤 환상에 빠져 잘못된 선택을 할 수도 있습니다. 개인적 차원에서도 그렇고 집단적 차원에서도 그렇겠지요. 마침 이 글을 쓰고 있는 지금으로부터 열흘 전이 6·25였습니다. 일본제국주의에 의해 분단의 씨앗이 뿌려졌지만 북한군의 남침은 그 분단을 공고화하고 전쟁 당시뿐만 아니라 그 이후 지금까지도 한국인들에게 엄청난 고통을 안겨주고 있는 매우 잘못된 판단과 선택이었습니다. 단적인 예로 양측 모두 독재체제가 공고화되었던 것을 들 수 있습니다. 그들은 어떤 환상을 갖고 있었던 것일까요? 일본제국주의의 한반도 병탄, 그리고 분단과 전쟁에서 온 이 깊은 상처를 치유하기 위해서는 아마도 아마도 더 높은 수준의 에너지가 필요할 듯 싶습니다.

> 불의와
> 비극에 대해 그대가 지닌 믿음의
>   깊이는 그대가 무지한
>   정도를 나타낸다.

>   애벌레가
> 세상의 종말이라고 부르는 것을
>   스승은 나비라고
>   부른다.
>   (216쪽)

이 세상이 환상이라 할지라도, 실재하는 것이 아닐지라도 우리는 지금 여기서 애벌레의 절망 또는 망상을 표현하기보다는 '나비'라는 '실재를 표현해볼 수 있'습니다. 그릴 때 모든 슬픔과 절망과 분노와 갈등을 넘어 새로운 세계를, 이미 존재해왔지만 그동안은 볼 수 없었던 그 세계를 볼 수 있지 않을까요? 그때 우리는 모든 원한을 내려놓고 몸을 입은 자나 몸을 벗은 자나 모두 함께 환희의 눈물을 흘릴 수 있지 않을까요? 그때 우리 모두 부활하여 열반의 세계로 날아갈 수 있지 않을까요?

　우리가 진정한 실재, 진정한 현존을 잊고 감각되는 세계, 현상의 세계를 실재라고 착각할 때 쉬모다가 열변을 토하듯 세상은 수십억 명의 세계로 분열된 상태로 있게 되고 서로가 상처를 주고받는 존재로 계속 머물러 있게 될 것입니다. '액자 도서'가 아닌 실제 발간된《메시아 지침서》(Bach, 2004[한국에서는 2023 소개 예정])에는 "실재는 사랑의 표현이자 순수하고 완전한 사랑이며 시공간에 의해 훼손되지 않는다"라는 구절이 있는데, 이는《기적수업》에서 모든 것은 '사랑의 표현이거나 사랑을 요청하는 표현'이라는 구절, 그리고 '모든 공격은 도와달라는 요청이다'라는 구절과 연결되는 것 같습니다. 여기서 우리는 진정한 정체성, 즉 바른 마음에서 선택할 것인가, 아니면 우리가 분리된 존재라고 생각하는 에고의 그른 마음에서 선택할 것인가 하는 갈림길을 매 순간 마주하게 됨을 알 수 있습니다. 현대의 스승 에크하르트 톨레도 인류의 현재 상태를 '에고'로 정의하면서 '내 안의 인류로부터의 자유'를 호소하고 있습니다(Tolle, 2005).

  사상가 켄 윌버는 이에 대해 우리 문화가 개인성 과다 hyperindividuality에서 개인성 초월transindividuality로 나아가야 할 필요가 있다고 주장한 바 있습니다(Wilber, 2017). 또 얼마 전 작고하신 김지하 시인의 표현을 따르자면 죽임의 길이냐 생명의 길이냐 하는 것이겠지요(이분 인생 후반기의 몇몇 실수는 군사독재 시절의 혹독한 고문과 오랜 수인囚人 생활이 초래한 신체적·정신적인 후유증, 그리고 생명이라는 보다 큰 대의에 마음을 쏟으면서 세상의 편가름을 사소하게 보았던 태도에서 온 것이 아닐까 싶습니다. 그래서인지 저는 김사인 시인의 「지하 형님 환원還元 49일에: 해월신사께 한 줄 축祝을 올립니다」라는 축문이 가슴에 절절히 와닿더군요—"… 선생께 부탁드립니다. / 온갖 독에 시달려 / 심신 모두 제 모습을 잃은 채 갔습니다. / 돌보아 주소서…."(김사인, 2022)). 김지하 시인이 말하는 생명의 길은 우리가 기존에 생명체로 여기는 대상들뿐만 아니라 만해나 해월처럼 '생명이 없는 존재'로 보이는 것들까지 '님[主]'이라고 부르며 포용하고 섬기는 것을 의미합니다(김지하, 1984; 조성환, 2022).《환상》의 주인공 리처드도 그런 태도를 보입니다. 리처드가 자신의 비행기 플리트를 아주 정답게 대하고 수시로 '우리'라고 부르는 장면들을 독자들께서도 기억하실 겁니다. 실제로 작가 자신도 일본에서 어느 비행장을 방문했을 때 자신이 예전에 탔던 비행기 기종을 발견하고는 달려가 껴안고 쓰다듬고 했다는 일화도 있습니다. 참고로 임사체험을 한 사람들은 영성이 깊어지면서 사물들에 대해서조차 매우 존중하는 태도를 취한다는 보고도 있습니다(최준식, 2006).

>지상에는 얼마나 많은 생명이 있는가?
>우주에는 얼마나 많은 생명이 있는가?
>단 하나.
>
>(Bach, 2004)

영성이나 자아초월 심리학 분야 외에서도 우리의 존재, 우리의 자아가 분리되고 개별적인, 독립된 그 무엇이라는 기존의 관습에 대한 도전이 최근 들어 이어지고 있습니다. 리처드 도킨스, 크리스토퍼 히친스와 함께 종교적 도그마에 대한 비판자로 유명한 신경과학자인 샘 해리스의 의식과 영성에 대한 열린 마음(Harris, 2014), 유물론과 과학주의의 도그마에 비판적인 생물학자 루퍼트 셸드레이크(Sheldrake, 2012), 그리고 우리가 유전자와 환경의 한계에 갇히지 않는 자유롭고 정신적인 생물이라고 주장하는 철학자 마르쿠스 가브리엘(Gabriel, 2015), 우리의 자아는 환상이며 우리 모두는 긴밀히 연결된 존재라고 얘기하는 응용생태학자 톰 올리버(Oliver, 2021)가 그렇습니다.

또 실제로 우리는 지금 우리 존재가 하나로 연결된 존재라는 사실을 지금 여실히 목격하고 있기도 합니다. 단적인 예가 기후위기와 팬데믹이겠지요. 여기에 더해 과학기술의 영향력이 글로벌하게 미치는 현상은 이미 오래된 현실입니다. 컴퓨터 과학자이자 '정보기술에 관한 대통령 자문위원회'의 공동의장을 역임하기도 했던 빌 조이는 20세기가 끝나갈 무렵에 「미래에 왜 우리는 필요없는 존재가 될 것인가」를 발표하며 나노공학과 생명공학과 컴퓨터공학의 위험성에 대해 경고한 바 있습니다(Joy, 2000). 글로벌한 위기는 글로벌한 연대와 글로벌한 민주주의를 통해 가능하다고 생각합니다. 그리고 그런 가능성은 우리가 물질적 차원에서 갖는 긴밀한 상호연결성뿐만 아니라 정신적·영적 차원에서 '우리는 하나다'라는 영성의 가르침에 마음을 열 때 실현될 가능성이 높아지리라 믿습니다. 닐 도널드 월쉬(Walsch, 1996)가 전하듯 모든 존재를 존중하는 게 진정한 영성이고, 그러한 '민주적 영성'과 정신에서만 글로벌한 위기와 갈등을 진정으로 해소할 수 있겠지요.

용서

"나야 원수가 없지. 그 사람은… 친구야. 없는 게 낫겠지만…. 증오를 품은 사람들은… 온갖 골칫거리를 만들어내지… 자기 삶에서 말이야… 나를 죽이려 들고…."(220쪽)

기억하시겠지만 도널드 쉬모다가 총을 맞았을 때 리처드가 "자네한테 원수들이 있으리라곤 생각도 못했네."라고 하자 도널드가 대답한 내용이지요. 자신을 죽음에 이르게 한 사람을 가리켜 '친구'라고 부르지요 곧이어 그런 친구는 자신에게 '없는 게 낫겠지만'이라고 농담을 하지만 말입니다. 현상계에서는 죽고 죽이는 비극적 사태가 벌어지지만 궁극적 실재 차원에서는 모두 현존에게서 나온 자녀들로서 현존의 사랑을 받는 존재들일 뿐만 아니라 '죽을 수 없는 존재들'이기 때문입니다. 아마도 예수가 원수를 사랑하라고 설교만이 아니라 행동으로도 가르친 이유가 바로 이러한 차원을 염두에 두었기 때문이 아닐까요.

물론 우리의 '실존'에는 영향이 없지만 이처럼 죽고 죽이는 극단적인 사태는 가급적 피하는 게 좋겠지요. 인류가 쌓아온 집단적인 카르마에 대해 적극적으로 대처하고 치유하려는 노력이 필요할 것 같습니다. 쉽지는 않겠지만 그러한 배움과 모험이 우리가 지상에 머무는 이유가 아닐까 싶습니다.

참고로 《기적수업》은 기존의 여러 용어들에 독특한 의

미를 추가로 부여하는데 그 중 하나가 '용서'라는 단어입니다. 어느 한쪽이 잘못하고 다른 한쪽이 피해를 입어서 가해자가 사과하고 피해자가 사과를 받아들이는 것을 흔히 용서라고 합니다. 하지만 《기적수업》에서 용서의 의미는 현상적 차원을 넘어서 실재의 차원에서 바라보는 것을 의미합니다. 이때 필요하다면 싯달타, 소크라테스, 플라톤, 공자, 노자, 장자, 예수, 수운 최제우, 해월 최시형, 소태산 박중빈 등 누가 되었든 지고의 경지에 오른 분들, 참나를 상징하는 분들에게 도움을 요청할 수 있습니다. 해결하기 어려운 문제가 있을 때 '또 다른 꿈'에서 만나러 오라고 도널드가 리처드에게 가르쳐주었듯이 말이죠. 물론 그런 상징들을 떠나 자신의 내면에서 참나를 직접 접속할 수 있다면 더할 나위 없이 멋진 일일 겁니다. 하지만 도널드 쉬모다가 말하듯 '약간의 이론과 많은 수행'이 필요할지도 모르겠습니다—우리가 지금까지 축적해온 역량에 달려 있겠지요.

마무리

리처드 바크의 《환상》은 매혹적인 우화와 에피소드를 통해 결국은 우리가 살아가는 시공간의 세계가 환상에 불과하지만 여기서 우리가 무엇을 배울 것인가 하는 것은 우리의 선택에 달려 있다는 메시지를 전하고 있습니다. 따라서 현상적·상대적 세계에 너무 몰입하기보다는 자신이 어떠한 선택을 한 것인지 되돌아보고 시공간을 넘어선 절대 세계, 즉 실재 또는 현존의 자녀로서 진정한 정체성 안에서 선택하고 행동할 것을 권하고 있습니다. 우주비행사들이 우주에서 한 점 푸른 빛으로 떠 있는 지구를 바라보듯이(立花隆, 1985), 《기적수업》의 저자가 우리에게 세상이라는 전쟁터 위에서 내려다보길 권하듯이, 수운 최제우 선생이 해월 최시형 선생에게 '높이 날고 멀리 뛰어라!'(김용옥, 2021a)라고 유지를 내렸듯이 말입니다.

그 길은 우리 자신을 '넉넉히 들어 올려 수평선 너머를 바라볼 때' 우리는 눈에 보이는 것들을 넘어서 자신의 진정한 정체성을 알게 될 때 열리지 않을까요? 그럴 때 우리 내면에서 올라오는 사랑과 자유로움으로 지금 여기에서의 삶을 유쾌하게 살아갈 수 있지 않을까요? 리처드 바크는 분리라고 하는 '트라우마'와 환상이라고 하는 '중독'에서 우리가 벗어날 수 있다고 이 작품을 통해서 얘기하고 싶은 것 아닐까요?

> … 그대 역시 알게 되리라,
>
>   그대 자신을 넉넉히 들어 올려
>
> 저 수평선들 너머를
>
>   바라볼
>
>   때.

참고자료

〈도서 자료〉

길희성. (2021a). 영적 휴머니즘: 종교적 인간에서 영적 인간으로. 파주: 아카넷.

길희성. (2021b). 마이스터 에크하르트의 영성 사상 [재판]. 서울: 도서출판 동연. (초판: 분도출판사, 2003).

김경재. (2003). 이름 없는 하느님: 유일신 신앙에 대한 김경재 교수의 본격 비판. 서울: 삼인.

김영우. (2009). (김영우와 함께하는) 전생여행. 서울: 정신세계사.

김영우. (2020). 양자물리학적 정신치료, 빙의는 없다. 서울: 전나무숲.

김용옥. (1999). (도올 김용옥이 말하는) 老子와 21세기.上. 서울: 통나무.

김용옥. (2008a). 큐복음서: 신약성서 속의 예수의 참 모습, 참 말씀. 서울: 통나무.

김용옥. (2008b). 도올의 도마복음 이야기 1: 이집트·이스라엘 초기기독교 성지순례기. 서울: 통나무.

김용옥. (2021a). 동경대전 1: 나는 코리안이다. 서울: 통나무.

김용옥. (2021b). 동경대전 2: 우리가 하느님이다. 서울: 통나무.

김지하. (1984). 밥: 김지하 이야기 모음. 칠곡군: 분도출판사.

문익환. (1991). 하나가 되는 것은 더욱 커지는 일입니다: 문익환 옥중 서한집. 서울: 삼민사.

백승영. (2022). 니체는 이렇게 말했다: 『차라투스트라는 이렇게 말했다』에 대한 철학적·문학적 해석. 서울: 세창출판사.

오강남. (2009). 또 다른 예수: 비교종교학자 오강남 교수의 『도마복음』 풀이. 서울: 예담.

윤재근. (2004). 사람인가를 묻는 논어(전편). 서울: 동학사.

이규호. (2022). 나그함마디 문서. 서울: 도서출판 동연.
이현주. (2021). 관옥 이현주의 신약 읽기. 서울: 삼인.
정양모 외. (2003). 종교의 세계. 칠곡군: 분도출판사.
정인석. (2020). 초월적 자기실현의 심리학: 트랜스퍼스널 심리학. 서울: 대왕사.
정현채. (2018). 우리는 왜 죽음을 두려워할 필요 없는가. 서울: 비아북.
조성환. (2022).「만해 한용운의 님의 형이상학」[공저.『개벽의 사상사: 최제우에서 김수영까지, 문명전환기의 한국사상』중]. 파주: 창비.
조영래. (2020). 전태일평전. 서울: 아름다운 전태일(전태일 재단).
최준식. (2006). 죽음, 또 하나의 세계: 근사체험을 통해 다시 생각하는 죽음. 서울: 동아시아.
최준식. (2017). 인간은 분명 환생한다: 이안 스티븐슨의 환생 연구에 대한 비판적 분석. 서울: 주류성.
황석영 기록; 전남사회운동협의회 엮음. (1985). 죽음을 넘어 시대의 어둠을 넘어: 광주 5월 민중항쟁의 기록. 서울: 풀빛.
황석영, 이재의, 전용호 기록; 광주민주화운동기념사업회 엮음. (2017). 죽음을 넘어 시대의 어둠을 넘어: 광주 5월 민중항쟁의 기록. 파주: 창비.
莊子. (미상). 莊子. 김학주 역. (2010). 장자. 고양: 연암서가
立花隆. (2000). 臨死体驗(上·下). 東京: 文藝春秋. 윤대석 역. (2003). 임사체험(上·下). 서울: 청어람미디어.
立花隆. (1985). 宇宙からの帰還. 東京: 中央公論社. 전현희 역. (2002). 우주로부터의 귀환. 서울: 청어람미디어.
Alexander, Eben. (2012). *Proof of heaven: a neurosurgeon's journey into the afterlife*. New York: Simon & Schuster 고미라 역. (2013). 나는 천국을 보았다. 파주: 김영사.
Assagioli, Roberto. (1975). *Psychosythesis: a manual of principles and Techniques*. New York: Penguin Books. 김민예숙 역. (2003). 정신통합: 원리와 기법에 대한 편람. 울산: 춘해대학출판부.
Assagioli, Roberto. (2008). *Transpersonal Development*. Forres: Smiling Wisdom.
Bach, Richard. (2004). *Messiah's hanbook: reminders for the advanced soul*. Virginia Beach: Rainbow Ridge Books, LLC. 신인수 역. (2023 예정). 메

시아 지침서: 상급반 영혼의 기억을 돕는 조언들. 서울: 도서출판 온마음.

Bach, Richard. (2014). *Jonathan Livingston Seagull: the complete edition*. New York: Scribner. 공경희 역. (2020). 갈매기의 꿈: 완결판. 서울: 나무옆의자.

Bache, Christopher M. (1998). *Lifecycles: reincarnation and the web of life*. Saint Paul: Paragon House. 김우종 역. (2014). 윤회의 본질: 환생의 증거와 의미, 카르마와 생명망에 대한 통합적 접근. 서울: 정신세계사.

Capra, Fritjof. (1975). *Tao of physics*. Boston: Shambhala. 김용정, 이성범 공역. (2006). 현대 물리학과 동양사상. 고양: 범양사.

Cerminara, Gina. (1988). *Many mansions*. HarperCollins. 강태헌 역. (2012). 윤회: 행복한 삶을 위한 마음철학. 서울: 도서출판 파피에.

Ehrman, Bart. D. (2005). *Misquoting Jesus: the story behind who changed Bible and why*. New York: HarperOne. 민경식 역. (2006). 성경 왜곡의 역사: 누가, 왜 성경을 왜곡했는가. 서울: 청림출판.

Ehrman, Bart. D. (2009). *Jesus, interrupted*. New York: HarperOne. 강주헌 역. (2010). (성서비평학자 바트 어만이 추적한) 예수 왜곡의 역사. 서울: 청림출판.

Ehrman, Bart. D. (2014). *How Jesus became God: the exaltation of a Jewish preacher from Galilee*. New York: HarperOne. 강창헌 역. (2015). 예수는 어떻게 신이 되었나. 서울: 갈라파고스.

Gabriel, Markus. (2015). *Ich ist nicht Gehirn: Philosophie des Geistes für das 21. Jahrhundert* Ullstein. 전대호 역. (2018). 나는 뇌가 아니다: 칸트, 다윈, 프로이트, 신경과학을 횡단하는 21세기를 위한 정신 철학. 파주: 열린책들.

Harris, Sam. (2014). *Waking Up: A Guide to Spirituality Without Religion*. New York: Simon & Schuster. 유자화 역. (2017). 나는 착각일 뿐이다: 과학자의 언어로 말하는 영성과 자아. 서울: 시공사.

Hübl, Thomas. (2020). *Healing collective trauma: a process for integrating our intergenerational and cultural wounds*. Boulder. Sounds True. 신인수 역. (2023, 근간). 집단 트라우마 치유하기: 초세대적·사회문화적 상처들의 치유와 통합을 위한 과정(가제). 서울: 도서출판 온마음.

Huxley, Aldous. (1944/1945). *The perennial philosophy*. New York: Harper &

Brothers. 조옥경 역. (2014). 영원의 철학. 파주: 김영사.

Joy, Bill. (2000). Why the future doesn't need us. *Wired, 2000(April)*. 미래에 왜 우리는 필요없는 존재가 될 것인가. 녹색평론, 2000년 11-12월 통권 제55호. (http://greenreview.co.kr/greenreview_article/1843/, 2022. 7. 4. 검색)

Kübler-Ross, Elisabeth. (2004). *On life after death*. New York: Celestial Arts. 최준식 역. (2020). 사후생: 죽음 이후의 삶의 이야기. 서울: 대화문화아카데미 대화출판사.

Labatut, Benjamín. (2020). *Un verdor terrible*. Suhrkamp Verlag Berlin. 노승영 역. (2022). 우리가 세상을 이해하길 멈출 때. 파주: 문학동네.

Mansfield, Vic. (2008). *Tibetan Buddhism & modern physics: toward a union of love and knowledge*. West Conshohocken: Templeton Press. 이중표 옮김. (2021). 불교와 양자역학: 양자역학 지식은 어떻게 완성되는가. 서울: 불광출판사.

Maslow, H. Abraham. (1994). *Religions, Values, and Peak-Experiences*. New York: Penquin Books. [Viking, 1970]

Mindell, Arnorld. (2002). *Working on yourself alone*. Lao Tse Press. 정인석 역. (2011). 명상과 심리치료의 만남. 서울: 학지사.

Moody, Raymond. (1975). *Life after life: the investigation of a phenomenon-survival of bodily death*. MBB, Inc. 주진국 역. (2007). 다시 산다는 것: 사후 생존이라는 현상에 관한 보고. 서울: 행간.

Moody, Raymond. & Perry, Paul. (1988). *The Light Beyond*. New York: Bantam.

Moody, Raymond. & Perry, Paul. (1991). *Coming back*. New York: Bantam. 서민수 역. (1994). 커밍백. 서울: 예음.

Moorjani, Anita. (2012). *Dying to be me: my journey from cancer, to near death, to true healing*. Carlsbad: Hay House. 황근하 역. (2012). 그리고 모든 것이 변했다 : 암, 임사체험, 그리고 완전한 치유에 이른 한 여성의 이야기. 서울: 샨티.

Newton, Michael. (2004). *Life between lives: hypnotherapy for spiritual regression*. Woodbury: Llewellyn Publications. 박윤정 역. (2014). 영혼들의 시간: 삶과 삶 사이로 떠나는 여행. 서울: 나무의자.

Nietzsche, Friedrich. (1883-5). *Also sprach Zarathustra*. Chemnitz: Verlag von Ernst Schmeitzner. 이진우 역. (2020). 차라투스트라는 이렇게 말했다. 서울: ㈜휴머니스트출판그룹.

Oliver, Tom. (2021). *The self delusion*. Weidenfeld & Nicolson. 권은현 역. (2022). 우리는 연결되어 있다. 서울: ㈜로크미디어.

Platon. Republic. 박종현 역. (2005). (플라톤의)국가(政體). 서울: 서광사.

Schwartz, Richard. (2021). *No Bad Parts: Healing Trauma and Restoring Wholeness with the Internal Family Systems Model*. Boulder: Sounds True. 신인수, 박기영 공역. (2022, 근간). 나쁜 마음은 없다: 내면가족체계(IFS) 모델을 통한 트라우마 치유와 온전함의 회복(가제). 서울: 도서출판 온마음.

Scotton, Bruce W. Ed. (1996). *Textbook of transpersonal psychiatry and psychology*. New York: Basic Books. 김명권, 박성현 등 공역. (2008). 자아초월 심리학과 정신의학. 깨달음의 심리학. 서울: 학지사.

Smith, Paul. (2011). *Integral Christianity: The Spirit's Call to evolve*. St. Paul: Paragon House. 이주엽 역. (2022). 통합이론으로 본 그리스도교: 영적 진화의 부르심. 서울: 도서출판 동연.

Sheldrake, Rupert. (2012). *The science delusion*. London: Coronet. 하창수 역. (2016). 과학의 망상. 파주: 김영사.

Stevenson, Ian. (2000). *Children who remember previous lives: a question of reincarnation*. Jefferson: McFarland.

Tolle, Eckhart. (2005). *A New Earth: Awakening to Your Life's Purpose*. New York: Penguin Life. 류시화 역. (2013). 삶으로 다시 떠오르기. 서울: 연금술사.

Walsch, Neale Donald. (1995). *Conversations with God, book 1*. New York: G. P. Putnam's Sons. 조경숙 역. (1997). 서울: 아름드리.

Wapnick, Kenneth. (2009). *The Stages of our spiritual journey*. Temecula: Foundation for A COURSE IN MIRACLES.

Weiss, Brian. (1988). *Many lives, many masters*. New York: Simon & Schuster. 김철호 역. (1994). 나는 환생을 믿지 않았다. 서울: 정신세계사.

Welwood, John. (2000). *Toward a psychology of awakening: Buddhism, psychotherapy and the path of personal and spiritual transformation*. Boston: Shambhala. 김명권, 주혜명 공역. (2008). 깨달음의 심리학. 서울: 학지사.

Wilber, Ken. Ed. (1984). *Quantum questions*. Boston: Shambhala. 공국진, 박병철 공역. (1990). 현대 물리학과 신비주의. 서울: 고려원미디어.

Wilber, Ken. (1996). *The Atman project: a transpersonal view of human development, 2nd ed*. Wheaton: Quest Books.

Wilber, Ken. (2017). *The religion of tomorrow: a vision for the future of the great traditions-more inclusive, More comprehensive, more complete*. Boston: Shambhala.

Zukav, Gary. (1979). *Dancing Wu Li masters: an overview of the new physics*. New York: HarperCollins. 김영덕 역. (2007). 춤추는 물리. 고양: 범양사.

〈인터넷 자료〉

김사인. (2022). 지하 형님 환원還元 49일에: 해월신사께 한 줄 축祝을 올립니다. 중앙일보 2022.06.26. [기사 제목: 가위눌리지 않는 순한 잠 몇 날이라도 잘 수 있게 해주소서] https://www.joongang.co.kr/article/25082055 (2022. 7. 7. 검색)

버지니아대학 의과대 누리집: 「Video: Reincarnation Research」 https://med.virginia.edu/perceptual-studies/dops-media/video-reincarnation-research/ (2022. 7. 1. 검색)

〈영화 자료〉

박광수. (1995). 아름다운 청년 전태일.

장준환. (2017). 1987.

옮긴이 감사 말씀

《환상-마지못한 메시아의 모험》이라는 작품이 지금까지 대여섯 번 이상 번역되었음에도 제가 다시 번역을 시도한 것은 어쩌면 《갈매기의 꿈》를 잇는 보다 더 중요한 작품일 수 있음에도 불구하고 절판된 상태로 상당한 시간이 흐르는 걸 안타깝게 여겼기 때문입니다. 《환상》이라는 작품이 계속해서 읽혀야 할 중요한 문학적 정신적 자산이라고 여겼기에 여러 부족함에도 불구하고 새롭게 번역하게 되었습니다. 저의 청소년 시절부디 지금까지 작품을 통해 이어져 온 리처드 바크 작가와의 인연에 깊이 감사드립니다. 그때나 지금이나 바크 작가의 작품들은 여전히 제게 즐거움뿐만 아니라 아직도 제가 배워야 할 것들을 가르쳐주며 격렬한 삶의 물살을 건너는 징검다리가 되어주고 있습니다.

본서를 번역한다는 소식에 격려해주신 주변의 여러 인연들에 감사드립니다. 저의 초고를 꼼꼼히 읽으면서 부족한 부분들을 꼼꼼하게 지적해주신 번역가 박기영 선생님, 역시 제 초고를 여러 번 읽으시며 《환상》의 표지를 위해 그림을 그려주셨을 뿐만 아니라 등장 인물들의 어투에 대한 조언까지 자상하게 해주신 화가 최숙 작가님, 항공 용어의 번역에 대해 전문적인 조언을 해주신 하효열 선생님, 그리고 제가 감을 잡기 힘들어했던 영어 표현에 대한 이해를 도와주신 에베수타니 채드 교수님께 깊이 감사드립니다. 그리고 멋지게 디자인해주신 여상우 실장님께도 감사드립니다.

아울러 이번 번역을 진행하면서 기존의 번역서들이 많은 참고와 도움이 되었다는 말씀을 드리고 싶습니다. 이 자리를 빌어 여러 선배 역자 선생님들(신정옥·박영철·신경림·권응호·이은희·박중서)께 감사드립니다. 신경림 시인께서 번역한 판본은 당시로서는 개정판이긴 했던 것 같으나 추후 작가가 초판본을 다시 정본으로 결정한 듯합니다. 그래서 이번 번역에 참조를 많이 하지는 못했으나 어둡던 80년대를 지나가는 데 큰 도움이 되었음을 기억하며 감사의 말씀을 드립니다.

이상과 같이 여러 선생님들의 조언에도 불구하고 번역에 부족한 점이 있다면 당연히 저의 몫일 것입니다. 아낌없는 가르침을 부탁드립니다.

끝으로 본서를 읽어주신 독자 여러분께도 감사를 드립니다. 세상이라는 사막을 건너면서 오아시스를 만난 듯 마음이 즐겁고 영혼이 깊어지는 경험을 하셨기를 기원합니다. 또한 《메시아 지침서》(Bach, 2004)를 내년쯤 우리말로 번역 소개할 예정인데 이 책도 많이 애독해주시길 부탁드립니다.

모든 인연, 모든 벗들께 감사드립니다.

옮긴이 **신인수**는 대학원에서 심리상담, 자아초월심리학, 통전[통합]사상, 명상 등을 공부하고 심리치료 및 심리상담 전문가를 위한 전문서와 일반인을 위한 심리도서를 여러 권 번역하여 소개하였습니다:《최고의 나를 찾는 심리전략 35: 트라우마와 중독을 넘어 치유와 성장으로》,《내 마음 내가 치유한다(CBT)》,《내면가족체계[IFS] 치료모델: 우울, 불안, PTSD, 약물남용에 관한 트라우마 전문 치료 기술훈련 안내서》,《자아초월심리학 핸드북》,《나쁜 마음은 없다(IFS)》(근간),《무너진 삶을 다시 세우며: 복합 PTSD 및 해리성 장애 치료하기》(근간) 등 공역. 상담센터 〈심리상담 온마음〉(서울 서초 소재)에서 심리상담·내면아이치유·코칭·동기면담(MI) 훈련 등을 통해 내담자분들과 마음을 나누고 있습니다.

그린이 **최숙**은 심리학을 전공하고 독학으로 화가가 되었습니다. 사람의 마음과 영혼, 우주를 그리며 소외되고 비켜선 것들에 관심이 많습니다. 예술이 선한 힘을 갖기 위해 창작치유프로그램을 보급하고 있습니다. 자전적 그림책《내 친구 크랙!》(가제)의 출간을 준비 중입니다.

환상

지은이 리처드 바크
옮긴이 신인수
그린이 최숙
디자인 여상우
발행처 도서출판 온마음
누리집 wholemindpublishing.modoo.at
이메일 wholemind.cp@gmail.com
주소 서울특별시 서초구 강남대로30길 40(양재동) 301호
전화 010-4685-2175

ISBN 979-11-978304-0-2 03840
값 15,000원

도서출판 온마음은 우리의 몸·마음·얼·누리에 대하여 통전적으로
배우고 실천하기 위한 우리 모두의 징검다리가 되고자 합니다.

자매기관: 심리상담 온마음(wholemind.modoo.at/wholemind.cp@gmail.com)